少年時

步入伯克利大学

张天娇◎著

花山文艺出版社

河北·石家庄

图书在版编目（CIP）数据

少年时：步入伯克利大学 / 张天娇著. -- 石家庄：
花山文艺出版社，2022.1
　ISBN 978-7-5511-5901-2

　Ⅰ．①少… Ⅱ．①张… Ⅲ．①随笔－作品集－中国－
当代 Ⅳ．①I267.1

中国版本图书馆CIP数据核字(2021)第264819号

书　　　名：**少年时：步入伯克利大学**
　　　　　　Shaonian Shi : Buru Bokeli Daxue
著　　　者：张天娇
责任编辑：温学蕾
责任校对：李　伟
装帧设计：王爱芹
美术编辑：胡彤亮
出版发行：花山文艺出版社（邮政编码：050061）
　　　　　　（河北省石家庄市友谊北大街330号）
销售热线：0311-88643221
传　　真：0311-88643234
印　　刷：河北炳烁印刷有限公司
经　　销：新华书店
开　　本：700 毫米×960 毫米　1/16
印　　张：15.25
字　　数：210千字
版　　次：2022年1月第1版
　　　　　　2022年1月第1次印刷
书　　号：ISBN 978-7-5511-5901-2
定　　价：58.00元

谨以此书献给追梦路上的你：
花会开，我们也终将闪耀。

这部作品集在记述作者张天娇的求学经历与读书心得中，溢渗着崇尚先贤的人文旨趣与尊亲思乡的家国情怀，这使它与那种只专于个人奋斗记述的作品区别了开来。特别的是，与之前的那些记述国外留学经历的坎坷与悲情不同，这部作品充满了一种基于自信的轻快与明丽，由此也折射出时代变迁与国运昌隆对于当今学子的潜在影响。

——白烨

　　白烨，笔名文波、晓白，著名文学评论家，中国当代文学研究会会长，中国社会科学院文学研究所研究员，《中国文学年鉴》副主编，中国社会科学院研究生院教授，国务院政府特殊津贴享受者，中国作协第九届全委会委员。

天娇

加油

howgib

张皓宸，作家、编剧、插画师。第四届中国"90后"作家排行榜冠军。荣获第六届新锐艺术人物盛典文学领域新锐奖，第十届作家榜金奖年度新锐作家奖。

青少年要把握远（美好愿景）与近（现实生活）的关系，共同憧憬国家未来，共同确立美好梦想，并在这一过程中立下个人志向，确立个人梦想

孙连富

孙连富，天津英华国际学校兼国际高中部中方校长。高级教师，全国优秀教师，天津十佳青年教师，2000年入选《21世纪教育名人》。

致吾徒天娇：

　　青青园中葵，朝露待日晞。
　　阳春布德泽，万物生光辉。

盼：
　　不飞则已，一飞冲天；
　　不鸣则已，一鸣惊人！

　　　　　　　师：明仕俊

明仕俊，天津英华国际学校国际高中部年级主任，国家三级心理咨询师。第十七届"叶圣陶杯"全国中学生新作文大赛优秀指导教师。

腹有诗书气自华
用心去爱
书写温暖
做精致，有内涵的天娇。

2019.9.6

刘英慧，天津英华国际学校德育处主任，区级优秀班主任，市级优秀教师。

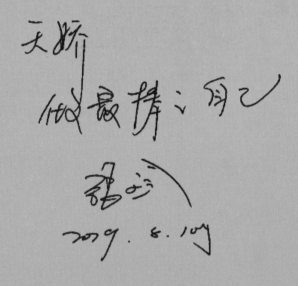

天娇
做最棒的自己

张斌

2019.8.10

张斌，胜者教育集团创始人，胜者爱心教育基金创始人。

自　序

　　走向广阔的世界，去客观地认知自我；走过广阔的世界，便也更从容、更坦荡。

　　选择出国留学这条路，本来就充满未知与艰难。而一场突如其来的疫情更是为出国留学增添了诸多不确定性，让这条路更增一些质疑。然而就是在这样的大环境下，我的国际高中生涯走到了尽头，留学就在眼前，触手可及。

　　对于出国留学，我也曾有过迷茫与不安：高一那年我离开衡中，前往天津英华国际学校就读时，就清楚地知道这条即将踏上的留学路有着无限的未知与可能，踏上了这条通往世界的"单行道"也就没有了再参加高考的"掉头区"，没有了"回头路"。但我相信，即使无法评判这是否为最好的选择，我也依然对未来满怀憧憬。

　　三年间，我不断地前往全国各地参加作文大赛、演讲比赛、商赛；三年间，我不断地前往世界多国参加考试，此外，我还要挤出时间潜心阅读以提高创作水平。三年间，我在学习上不断解锁着各项新知识，身心承受着巨大的压力。这些压力不仅仅是来自学业，还有对留学最终选择哪个国家和地区、选择哪所学校的焦虑。

　　在这段最艰苦的日子里，我期待的学校要么是拒信，要么是没有信息，多重的压力让我开始质疑自己的付出与能力。

我的前途在哪里？

在身体严重透支和沉重的心理压力下，我继续追求，依旧坚信"所谓万丈深渊，下去，也是前程万里"。而真正定义我自己的，终将是那些黑暗中踽踽独行的岁月。

出国留学——是我自儿时起便有的憧憬。那时，父母倾其心血给我创造看世界的机会。

随着不断成长，我的心智逐渐成熟，更深刻地认识到出国留学不仅仅是为了实现自己的学习梦想，在如今的国际大环境下，更是肩负着爱国情怀的"师夷长技"！

优秀的留学生有着强烈的使命感，我们肩负着荣耀家族的使命，肩负着助力祖国繁荣的使命，从容地走出国门去接受异国教育、去习惯异国生活、去适应异国文化，忍受着孤独甚至歧视，将东方人的面孔展现给世界、将中华文明讲述给世界，最后又将世界的先进科技带回祖国。我们迫切想去推进祖国的复兴大业，倾尽自己的所学、所能，去成为祖国复兴建设的中流砥柱。

选择出国留学这条路，我时刻享受着使命感所给予我的源源不断的动力，在一次次逆境与迷茫中坚定信念。父母将我举起来看整个世界，身后强大的祖国支持我前行，所以哪怕前方长路漫漫、远方荆棘塞途，我仍坚定地走在留学的这条路上。纵使国际高中的三年曾让我多次怀疑自己，但我从未后悔过选择留学这条道路。

十四所大学，二十个 Offer。

终于，我的努力迎来收获。我最终选择了世界排名第四的美国加利福尼亚大学伯克利分校（又名：加州大学伯克利分校、伯克利大学），如愿进入了世界排名第四的人文专业学院。美国大学重视批判性思维的培养，这样的要求也更让我能以一个客观、深刻的角度去审视世界，以理性的观念深度剖析社会与人性，以感性的思维虔诚感悟人心温暖，我相信批判性思维的强大能为我的文学创作事业注入新的灵魂，促使我去探索更多的世界问题，带给读者更多的作品及思考。

我的理想是成为一名卓越的编剧，从电视剧剧本到电影剧本，让影视与文学碰撞出绚丽的火花，创造出更为震撼人心、更为发人深省的作品，让更多的人认识到现实的残酷后仍能相信温暖、坚守希望。

伯克利大学具有得天独厚的教学资源，这让我有信心去提高写作能力并强化创造性、批判性思维，尽早确定自己独有的写作风格。

在伯克利大学就读，也将给我众多与其他顶尖大学交换学习的机会，我计划先前往加州大学洛杉矶分校的电影学院，攻读世界著名的编剧专业，去了解更多的专业知识，去感受银幕与媒体的魅力和强大力量；再交换到美国藤校去培养前卫的思维和认知；研究生阶段，我将前往世界知名的电影学院——美国电影学院，在那里学习顶尖的编剧课程和专业知识，组建自己的团队并创造出优秀影视作品。

文学道路的探索永无尽头，所以我计划在研究生学业结束后继续前往哈佛大学的人文专业进行深造，辅修社会科学专业，以了解更多的世界性问题，也不断加深我对文学的理解。学业有成后，我计划前往联合国进行为期一年的实习，为世界服务，强化世界观念，研究世界问题，而这也将成为我人生中独特和无比宝贵的经历，也一定能为我之后的创作焕发生机。随后我将前往好莱坞打拼，不断积累、不断学习，向顶尖的导演看齐，去确定自己剧本的思想与特质。最终，我会带着对世界的个人见解与思考，带着自己对文学的探索与成就，带着自己对影视剧本的创新和热情，回到祖国，开启自己国内的编剧事业，实现自己的终极理想。

未来的留学道路充满未知，往后的文学道路也许布满荆棘，但既然不能一帆风顺，那就乘风破浪地去追逐，追逐自己的热爱与理想！

"鲜衣怒马少年时，不负韶华行且知。"

保持努力与奋斗，我们终会以渺小启程，以伟大结束。余生漫漫，前程未知，但愿万般熙攘化作清风朗月，人生梦想变成未来可期。

　　"吹灭读书灯，一身都是月。"一愿学有所成，二愿初心未改，三愿所爱皆安，四愿生活明朗，五愿苦尽甘来载荣光。

张天娇

2021 年 5 月 4 日

目录
CONTENTS

I ／逐梦

少年时 ……………………………………………………… ／ 003

Hey！我的大衡中 ……………………………………… ／ 012

逐梦 ………………………………………………………… ／ 017

青春最美，梦想最大 …………………………………… ／ 021

我们理当志存高远 ……………………………………… ／ 025

回眸 ………………………………………………………… ／ 028

愿于纷扰尘世，永不放弃真实 ……………………… ／ 031

愿世间所有的美好都恰逢其时，愿你拼搏自信不悔年华 …… ／ 039

愿你强大到拥有自己的铠甲，愿你温柔时仍保持少年模样 ……… ／ 047

我心梦幻所至

　　——大明王朝 ……………………………… ／ 057

满腔热勇，共筑中国梦 ………………………………… ／ 088

II／成长

别着急 ·· ／097

她和他的故事

    ——写在父亲节 ··· ／105

写给妹妹的一封信 ··· ／111

非洲的小天使 ··· ／115

英华少年　与国同梦

    ——英华国际学校国旗下演讲 ································· ／118

重逢 ·· ／121

III／抓痕

安全感

    ——胜者夏令营演讲稿 ······································· ／151

抓痕

    ——第十七届"叶圣陶杯"全国中学生新作文大赛

        "全国十佳小作家"演讲稿 ···························· ／155

忆高中三年 ··· ／159

IV／化蝶

"叶圣陶杯"全国中学生新作文大赛专访

    ——喜报来了！第十七届"叶圣陶杯""全国十佳小作家"张天娇

        被世界顶尖大学录取 ······························· ／167

化蝶…………………………………………………………… / 175

圆梦大学 …………………………………………………… / 180

向上向善好青年张天娇

　　——《中国青年》杂志专访 …………………………… / 187

致十年后的自己………………………………………………… / 217

后　记 ……………………………………………………… / 223

I／逐梦

如果生命的时间是我人生的长度，曾经去过的地方、读过的书是我人生的宽度，那么，我用文字对这个世界的表达是不是可以算是我人生的深度？三者相乘，则可不可以算是我人生的体积？写作之于我，将不间断地坚持下去，我将用文字的光芒照耀更多读者。

少 年 时

偶然间在网上看到一个讨论，说是如果要对自己过往的几年用几个词或者一句话做总结，你会写什么。我浏览了众多网友的评论，发现有写遗憾的，有写释怀的，有写感动的，也有写愤慨的。

我想，我的答案应该是：这一路，没放弃。很值得！

我的高中三年一路走过来，一路挺过来，能有追逐梦想的权利，能有拥抱挚爱的机会，即使再苦再累，也真的值得、无憾了。

一直很想给自己过去的高中三年写一份很漂亮、很细致的回忆录，故事不少，感慨更多：曾经以为那些无法逾越的困境如今也安然无恙地挺过来了；曾经以为那些布满伤痕的往事不会再念及，如今也能坦然地笑着讲出来了。借这次第二部文集出版的时机，在伯克利大学功课的间隙，在这本书中，再忆起高中那三年。

我们每个人都会有苦难，都会有一段段煎熬的日子，重要的是只要挺过去我们就是胜利者，就能感慨着回忆这段孤单的过往，赞许自己曾经的强大。

高一上学期的前半段，如果要用一个词来形容，那应该是"试探"。高一那个青涩、胆小的我，遂着家人的意愿，进入了竞争压力巨大的衡中（河北衡水中学，本书中简称"衡中"）。日复一日的竭尽全力，磨炼了意志，成熟了心智，但却因为文理分科选择了文科，被一些人否认和批评，指着我说没出息，这其中甚至还有老师！最使我痛苦的是对写作的热爱也不断被压制。很多个不眠之夜，我偷偷看着宿舍窗外的月光，迷茫着自己的未来是否也会如此缥缈和遥远；很多个课间趴在楼梯扶手上，看着操场上肆意奔跑的体育生，听着隔壁楼音乐生们的婉转歌声，羡慕着他们对梦想明目张胆的热爱和义无反顾的奔赴，思考着自己究竟在期待着到达怎样的远方。

在衡中度过了艰苦但充实的四个月后，爸爸妈妈读懂了我的心之所向，便鼓励我勇敢地去追求自己想要的未来，鼓励我转入国际学校奋力一搏。

那短短的四个月，我不断在试探着去找寻自己未来的模样，试探着去摸索自己想要走的道路。从衡中到天津英华国际学校的抉择，看似是魄力爆发而迅速做出的决定，可背后是爸爸妈妈无比深入细心的研究与对比，是我决定从头再来的莫大勇气，更是我们一家人背负身边人的不理解，硬生生开出的一条未知路。所幸，未来的一切告诉我，这个决定是对的。

生在衡水，就好像意味着考上衡中才是最好的自我证明。"上了衡中就能考上985、211，考上名校就有出息了""衡水的孩子最好的出路当然是去衡中，这可是优势"，从小到大，我周围的声音都在给我灌输着这样的观点，就好像我降临到这座小城的那一刻，就被规划好了所谓"最优质、最保险"的升学路，那就是读衡中。但我很庆幸在其他声音中，我爸爸的声音格外洪亮，他希望送我出国，让我走出国门去见识更广大的世界，去拥抱更多彩的文化，然后带着多元的知识和不凡的见识，回到祖国开创自己的一片天地。

对我来说，高一上学期是"涅槃"。从衡中到英华国际，是一次未知的冒险，但也是让我勇敢跳出舒适圈的决定。在应试教育长久磨炼下的我，来到了能力较为全面发展的综合教育，从中文教学到英文教学，

英华国际学校圆桌论坛（左二张天娇）

　　每个人都会有苦难，都会有一段段煎熬的日子，重要的是，只要挺过去我们就是胜利者，就能感慨着回忆这段孤单的过往，赞许自己曾经的强大。

我把自己扔到了一个完全陌生的圈子，去涅槃、去探索，去锤炼出崭新的自己。去到舒适圈之外，大胆地伸手触摸梦想。成长，就是把梦逐个击破，再于磨炼中生出新的梦。要去听不一样的语言，感受不一样的文化碰撞，度不一样的光阴，这世上风物辽阔，日月有期，总要在大胆的试探中一点点去感受，去追逐其美好。

高一下学期是"融入"。初入英华，我好像格格不入。一直人缘不错的人，在新学期伊始就遇到了瓶颈。在初中和衡中养成的学习习惯，让我已经没有了课间的概念，加上性格慢热，所以我一直只知道埋头苦学，也因此听到了众多"非议"。那个时候有同学排挤我，有人在背后说我性格太高傲，那是我第一次有一种被孤立、被冤枉的无助感。好在班主任明老师看到了我的无助和委屈，一次又一次地开导我，鼓励我对大家敞开心扉；所幸，当我向大家展现出真实的自己后，也收获了很多宝贵的朋友。那个学期，我努力适应着英文教学，尝试着小组合作，锻炼着自己各方面的能力。万事开头难，作为一个转学生，融入一个新集体的过程或许有着误解和非议，但只有经过矛盾的友谊和团结，才是更令人珍惜的，这个过程也会让一个人逐渐强大起来。

高一暑假是"孤独"。也许孤独这个词，是贯穿我整个高中三年的感受。因为身处异乡，即使爸爸妈妈会抽空在周末来看我，但还是有很多情绪需要自己去消化，很多困境需要自己去突破，我逐渐变得很独立，很安静。也正是从高一暑假开始，我才真正开始理解，青春里总会有段路，要自己独自一人挺过来，成长就是学会自己一个人面对一切。高一暑假，我早晨六点起来看两道SAT题，七点准时到达住所附近的公交车站点赶最早的公交，半个多小时的车程，趁着车上人少有座位开始拿出厚厚的SAT题册，在颠簸的道路上写着答案；到了地铁站就飞速冲上站台赶最近的一趟地铁，将近一个半小时的车程，我经常站着背一背单词，看一看错题；出了地铁站正是市里的早高峰时段，赶紧找一辆单车骑去英语辅导机构，上九点的SAT课程。只有一上午课程的时候，十二点下了课就在机构门口买个煎饼，一边抓紧吃，一边走到地铁站口，然后又是在不同的车上背单词和刷题；如果课程下午六点才会结束，则还是一样的流程，运气好的时候整个回程都是可以坐在车上的，到住所的时候往往天已很晚。一路上没有人说话，也没有熟悉的人陪伴，常常就是自己小声地碎碎念给自己解解闷。

虽然过去了这么久，但还是会记得黄昏时照入地铁的余晖，又或是回家路上抬头看到的点点星光，在那段孤单又望不见头的日子里，是这些光陪伴我，为我亮起的希望。

高二的假期是"奔波"。高二的寒假远赴非洲参加志愿活动，踏上那片土地之前，我曾以为这一生或许都不会与那里有交集。在大草原上的半个月，仿佛是脱离世界的日子，每天跟着营地的向导坐车在索山布自然保护区的整片草原上奔驰，看过成群的长颈鹿觅食，看过羚羊间的角斗；曾在被秃鹫啃食的动物尸骸中感受到了大自然真实的弱肉强食，曾躲过水牛的攻击，也曾经历过越野车陷入沼泽地的困境；有过午夜出去寻觅狮子身影的刺激冒险，也有过看到猎豹脚印急忙往回开的惊险经历。

在非洲我经历了很多的人生"第一次"：第一次观日出，硕大的太阳从群山间缓缓升起，将整片天空映成了美到极致的粉橙色；第一次深夜躺在草原上看满天繁星，感受宇宙的浩瀚；第一次帮助贫困人家修建灶台，和当地小学的孩子们一同玩耍……孩子们面向国旗唱起的歌，是我至今听到过的最纯粹、最干净的外文歌曲。在那片辽阔的草原上，伴着夕阳的余晖，看着成群的动物，我开始怀有更宏远的梦想。

高二的暑假我参加了各种活动和比赛，忙碌的奔波记录着我与梦想逐渐拉近的距离。北京、上海、天津、洛杉矶，我第一次现场限时写作，第一次听着文学大家谈论对文学的热爱，我终于如愿以偿拿到了演讲冠军，完成了六年级时憧憬的梦想。我独自去美国考 SAT，因压力大而失眠，考试前一晚在宾馆卫生间的地上，我一个人哭了好久。

多地奔波的充沛精力、驰骋于非洲草原的活力激情、站上演讲台侃侃而谈的勇气、千人会场提笔写出自己故事的从容、大师课上谈及理想的自信坚定、房间里独自练习演讲百余遍后的沙哑嗓音、白天课程结束后熬夜复习的凌晨、考试前独自消化压力而失眠的深夜，这些意气风发，这些成长伤痛，这些蜕变涅槃，都属于少年的我。

提及少年一词，应与平庸相斥。

高三上学期是"深渊"。埋头苦学的课间和自习，晚上十点的加方作业，晚上十二点的雅思真题，深夜两点的SAT，有时候还会有早晨四点半的SAT2，偶尔不熬夜的时候也会逼着自己早起，床头总会放着杯水，闹铃响了就靠着意识拿过水泼到自己的脸上，只有这种笨拙的方法才能避免自己赖床。这段每天最多睡三个小时，周末有时会熬通宵的日子，我咬着牙坚持了四个月。九月到十二月，从叶落的初秋到落雪的初冬，有时候猛然想起来吃饭，想一想上一顿饭还是前一天的中午。

我本来是很怕苦很讨厌咖啡的人，为了熬通宵一晚上喝了三罐咖啡，身心俱疲但仍很有挫败感的时候，也想过"要不就算了吧"，但转念一想"都走到这一步了，现在放弃真的不甘心"，于是再多的抱怨和沮丧也在堆积的考试题里消失殆尽了。本来是很怕疼很怕黑的人，那一次因为最后一次SAT成绩仍未达预期，失魂落魄硬生生从商场几公里步行走回了小区，一路上脑子里只有"没机会了，又辜负自己了，又让大家的期望落空了"的负面情绪，赶上几天前的积雪已化水结冰，赶上那晚小区的路灯忽明忽暗，一个不留神便从路上滚到湖边。我躺在冰凉的湖边，庆幸湖面已经结冰，然后艰难地在黑暗中摸索着，站起身来，一瘸一拐地走回租屋。

考砸了没哭，黑暗中摔瘸了脚一时站不起身没哭，伤口处血肉里混杂着沙砾开始发痛时没有哭，回到家翻箱倒柜找不到碘酊时也没有哭，可写作业时因为右手太疼握不住笔的一瞬间我崩溃了。不是害怕从头再来，也不是害怕一无所有，就是无比绝望，感觉是不是自己无论付出多少也依旧是失败。那晚，心里仅剩的那点儿希望和信心都随着故障的路灯，开始暗淡无光。我甚至开始恨自己为什么要对自己抱有期待，那一刻我没来得及考虑别人对自己失望，只是深深地陷入自我否认的旋涡中。

第二天一早在诊所包扎了受伤的手及脚腕，我也没心情去检查一直发晕的脑袋是不是轻微脑震荡。难过的是摔伤阵痛的是右手，以至于随即而来的期末季，一场场奋笔疾书的考试后我总要在没人的角落里忍着疼悄悄换下渗血的绷带。

我本来是很怕麻烦的人，也在高三多次去北京考雅思，去香港、吉隆坡考 SAT 和 SAT2。一个人摸清了考场的路，在北京深夜的大街小巷里感受着这座城市的热闹，在香港这座向往已久的城市里一个人一言不发地走了很久很久，在吉隆坡这座陌生的城市把握着最后一次考 SAT 的机会，那场考试的落败让我一度以为那是距离我梦想最远的时刻，好在录取的结果让我醒悟，就是那次，我奋力实现了伯克利大学的梦想。

我曾无数次地把自己关在自己的小世界里，在一次次失意时沮丧地想要切断自己与外界的任何联系，烦躁地谴责着自己的失败。一路咬牙强撑许久，却也只会把最崩溃的委屈和痛苦在独自一人的卧室里肆意宣泄出来，然后跟担心自己的家人朋友们说上一句我没事了。

我一贯是个喜欢找人倾诉烦恼的话痨，但我只会云淡风轻地自嘲着那三年里不成熟的趣事，而那些最苦的日子最痛的经历，我从未和任何人细细诉说。那些黑暗中的摸索，那些血淋淋的伤痕和印记，雨冲不掉，风吹不散，会永远地留在那里，只有我一人能懂，并激励着我不断向前。

那段鲜为人知的日子，很黑、很痛，但我真的有在好好地长大。

当我在追光，我也正与光同行。

不是抱怨，没有卖惨，只是觉得那段很不容易走过来的时光，应该被记住，回忆艰苦为的是继续前行。

那时我总会在自己的卧室里憧憬着心仪大学的 Offer，向往着闪闪发光的自己，所以一直都相信拿到心仪 Offer 的时候，会开心激动到不能自已。但现实中的我拿到 Offer 的时候，先是眼中含着泪地笑出来，最后是喜极而泣地哭到停不下来，但又会发自肺腑地笑出声来，我从没料想到拿到 UCL（伦敦大学学院）、香港大学和伯克利大学的 Offer 时，我会那般狼狈地又哭又笑。

我没辜负岁月，岁月也未负我。

在 UCL 和伯克利大学的抉择中，我曾倾向于 UCL，是因为我怕我会承受不住伯克利大学的压力，光芒会被更闪耀的存在而覆盖，才华会被湮没，但我最后还是选择了伯克利大学，就像是三年前离开衡中去英华博未来的自己，再一次跳出了舒适圈。我也会害怕，会担心，会压力重重，但相比于舒适圈内的安逸，我永远向往舒适圈外更广阔的天地，顶峰的风景一定会比半山腰更加壮丽。

青春那么短暂，少年那么美好，总要去探索未知的路，去见更美的风景，去追更大的梦。

幼时开始，父亲便是那个将我高高举起去看世界的存在，可靠而强大；母亲便是那一段段幽深漆黑的道路上火焰一般的存在，发着光散着热。我记忆深处那两位最可爱慈祥的老人——外公外婆教会了我这一生都要对这世界报以善意与温热。还有我无比温暖的家人们，只要他们在，我向前迈出的步伐就会踏实，就会心安。高中三年，我遇到了很多温暖的人，经历了无数美好的事。那些在紧张期末季还为我精心准备生日惊喜的好同学，那些在我偷偷抹泪时总会过来拥抱我的室友，那些看我情绪低落会逗我开心的朋友，那个看似严肃但很温柔的班主任明老师，那个在我被牛津大学拒掉后哑着嗓子开导、鼓励了我三个小时的 Mr.Renwick，是你们帮助我度过了高中最煎熬的时刻。

那些难忘的瞬间，那些温暖的故事，我都有好好地记得。在英华度过的每一分、每一秒，都是我不会忘记的美好。2017 年冬天，我遇见了一群可爱的同学和温暖的老师，是他们给予我温暖和光亮，让我在身临深渊的日子里，仍对生活有着热爱。

希望我在你们生命中的出现，不论短暂还是长久，都是一件能让你们心生欢喜的事情。我也很开心，很幸运，能在青春有限的光景里，遇见你们。

在最难熬的那段日子，是我自己把自己拉出了深渊。因为经历过苦，所以我深知未来实现梦想的道路会更坎坷。但没关系，人生总会有一些黑暗的岁月，是自己一个人走过来的，历经风雨后，我相信我会再次蜕变。

希望历经山川险阻，少年能依旧怀着初心，追逐最纯粹的梦想。祝这世界继续热闹，祝我仍然是我。没有惊艳的容貌，没有惊人的天赋，也没有过人的智慧，有的只是始终如一、笨拙而坚定地去追逐梦想，成为自己的光。我用顽强烧死了我所有的懦弱和退缩，那片荒野慢慢长出了坚定和热忱。

时光一直向前，未来的一天，考上伯克利大学的光环终会随着成长和更大的成就渐渐淡去，但十六七岁那个努力的身影会永远在我的记忆中闪闪发光。也许那时就是最纯粹的少年感，心有所向，便风雨兼程；眼含星光，便自在远方。

希望未来的自己，按时长大。是不慌不忙，是自然而然，带着最初的模样，循着独有的频率，一步一个脚印去拥抱未来的闪耀。梦想很难，但不会太远，因为它始终在我人生的道路上，我终有一天会到达。

少年播种梦想的种子，努力生长，按时长大，请给我时间，静候花开，等我好好长大。花会开，我也终会闪耀。希望花香四溢时，我越过荆棘，带着光向你们走来。

Hey！ 我的大衡中

让我再走一遍，从南到北；让我再看一眼，从东到西。我拉着行李箱，环顾着衡中美丽的校园，心中丝丝眷恋。

衡中，感谢你！是你，许我奋斗九年的青春梦想；是你，伴我四个月的磨炼成长；是你，让我看到全身心投入的自我。

——题记

手中的相机一次次地举起，想去记录下衡中的每一个角落。同学们午休的中午，校园里空无一人，风都停了下来，静静地倾听同学们的呼吸声。我走走停停，停停走走，望着这名叫"衡中"的校园，有一种模糊又熟悉的"陌生"感，眼底有些湿润，湿润澄明着感激和眷恋。

每当穿上衡中的校服，背上"追求卓越"那四个字，就像为梦想插上一对翅膀，在那一刻，自己似乎有了足够的底气，去宣告、去实现自己那遥远的梦想。

每当踏进衡中，心中便会莫名地腾起一股满足的安全感。那脚踩落叶的沙沙声，如一台时光机器，诉说着四个月来的点滴，诉说着那些努力奋斗的岁月。

每当提起衡中，心中总会莫名地荡漾起一丝亲切的悸动，随即便是脸颊上浅浅的微笑，脑海中再现出那段清浅时光的温暖情愫。

清晰记得，记得四个月前，第一次踏入衡中的大门，那是一种久违的欣喜。没有亲身经历的人，又怎会体会到当时那种奇妙的感觉，那是一种无法言说的美妙。就像如今，再次看到中考时那张又轻又薄的准考证，内心总会泛起阵阵波澜。因为它们都饱含着一个少年曾经拼搏的岁月。那走过的盛夏，那耀眼的阳光，会记得怒放的青春和盛大的关爱。

在衡中短短的四个月，想来却显得很久，这段绚烂、珍奇的时光，更像是十五年青葱岁月中的一场梦，忧伤洒落山冈、快乐充满天空，等青春散尽，繁华退去，绚烂终归于平淡，不论云层有没有在未来散开，记忆中的衡中永远花香四溢。这是一场关于少年热血的梦，这是一场承载着奋斗感动的梦，这更是一场不负青春、不负时光的梦。

曾有一瞬，梦幻到以为这便是永恒，然而此刻梦醒了！清醒之后，是甜甜的回忆，是满满的感激，更有丝丝的眷恋。在衡中的这个小世界里，我所经历的、所感悟的，终将会是值得用一生去铭记的时光。

忘不了那整齐划一、步调整齐的清晨早操，那林荫道上回荡着的响亮的口号声。我们踏着青春的步伐，迎着朝阳、沐着晨曦，在梦幻中真实地触摸梦想的力量。

书声琅琅，那是专心致志的晨读、争分夺秒的背诵，那是清浅岁月中有力的一阕，那是拼搏少年描摹青春的模样。

在充满激情、紧张高效的课堂里，没有一丝的懈怠，每个人的心灵和灵魂时刻都渴求着获取知识，那是求知与获得交织出最美好的学习模样。

赛道上矫健奔跑的身姿，草坪上安静学习的身影，飞快奔向食堂的步伐，是为更进一步接近梦想，是心中为梦想坚定的信念。我曾在同学们观看电影时，心无旁骛地思考一道物理题，尺子、铅笔、橡皮在手中不断地变换，纸张上受力分析呈现在眼前的满足，只有自己才懂得！

清晨，我曾是第一个到位跑操的，驻足望向远方，那是暖阳升起的地方；黄昏，昏暗的灯光下，我曾顶着肆虐的寒风，大声朗读着单词与课文。周日，我曾是第一个到达教室的人，安静中一个不安的我，那是我走过的青春中最美的模样。

　　渐渐地，我开始习惯了，习惯了在衡中的一点一滴。

　　我开始习惯了在铃声中迅速起床、洗漱；我开始习惯了在晨曦的路灯下大声朗读；我开始习惯了在食堂排队时手里拿着书本；我开始习惯了最后一个离开教室；我开始习惯了奔跑、习惯了孤独……就这样，我一点点长大，像一幕真实的童话，历经苦难的捶打后，绽放出不败之花。

　　在衡中，我遇见了你们，人生中的第一伙舍友，似点点繁星，装点、照亮了我那段艰苦的日子。高一重新分班前夕，一段时光末尾的祝福，我们挤在一张小床上，我们拥抱彼此，传递给对方温暖的鼓励，直到最后，泪眼模糊看不清对方……

　　在衡中，我遇见了您。我求学以来，第一位教语文的男老师，似一抹暖阳温暖着那段陌生而又孤独的时光。感谢您一次次察觉到我的烦恼，不厌其烦地、温暖地鼓励我、开导我……

　　正是在衡中，我遇见如此可爱的你们，也正是你们，组成了我生命中点点滴滴的温暖，也正是这些温暖，让我成为一个勇于追求理想的人。

　　凡世的喧嚣与明亮，世俗的快乐和幸福，如清亮的溪涧，在风里、在眼前，汩汩而过，如温暖的泉水喷涌而出。

　　衡中，谢谢你，真的感谢你。你教会我承受苦难与执着坚强，你带给我温暖与感动，让我学会做一个懂得吃苦、懂得友善、懂得宽容、懂得感恩的人。

　　感恩于你——衡中，带给我十五岁少年的梦与纯真！

　　一段时间的结束，回忆起日子串起的一阕乐章，苦并快乐着！

　　纵然离开了衡中，去开启另一段未来；即使执意去追求儿时的留学梦，衡中，已然成为我青春岁月中一段多彩的时光。

转学离开时的衡中

　　手中的相机一次次地举起，想去记录下衡中的每一个角落。同学们午休的中午，校园里空无一人，风都停了下来，静静地倾听同学们的呼吸声。我走走停停，停停走走，望着这名叫"衡中"的校园，有一种模糊又熟悉的"陌生"感，眼底有些湿润，湿润澄明着感激和眷恋。

在我踏上梦想征程之际，我祝愿衡中一切都好！

风吹起

如落花飘叶般的流年

在衡中时光中摇曳

那是人生旅途最美的点缀

你是北大西洋的暖流

我是摩尔曼斯克港湾

因为你的到来

我的青春成了不冻港

感谢你，许我奋斗的岁月

感谢你，让我遇见最好的自己

感谢你，让我看到最努力最美的模样

感谢你，带给我的一切

背起行囊的那一刻

风轻拂我的发梢

思绪翻飞在云端

梦想包裹在囊中

漫长的旅途，陪伴我的

除了诗与远方

还有你教会我的勇敢与坚强

衡中，再见！

再见，衡中！

逐　梦

我自诩是一个"爱写字的人"，也花了很长时间思考为什么要写作。

博尔赫斯曾说："我写作不是为了名声，也不是为了特定的读者，我写作是为了光阴流逝使我心安。"杜拉斯则表示："身处一个洞穴之底，在几乎完全的孤独中，你会发现写作能够拯救你。"巴尔扎克曾说："拿破仑用剑没有办到的，我要用笔来完成。"

我对于写作有种近乎偏执的爱，而其大部分因素应该是源自年少时竞争激烈的成长环境吧。

我的初中生涯是在衡水三中度过的。我高中前六分之一的时光，也就是高一的上学期，是在闻名遐迩的高考大校——衡水中学度过的。是的，衡水中学。

在那个如同制造高分生工厂般的校园里，我感受最深的是大家的价值观，以及价值观之间那无法突破的"次元壁"。激烈的竞争让考分成了判定能力高低的主要标准，而当我尝试与身边同学去探讨人生时，收到的更多的反馈信息是：你还是快别说那些没用的东西了……社会这么大，理想那么丰富，现实却这般残酷！

于是，不安现状、追求卓越、重视思辨的我，在高中生涯走到六分之一节点时，选择了转出衡水中学。

转学时的五味杂陈，只有我知晓它的真实滋味。我清楚地知道，转出衡中走向国际学校，那将是一条走向国际的"单行道"，没有"回头路"，也没有"掉头区"……

但，我坚信即使道路再坎坷，我也会坚定地去追求我的梦想：我要留学，我要挑战更广阔的舞台。

一脚踏进国际高中，我便开启了挤时间创作的模式。于我而言，写作不单是一种文字的堆砌，它是一种心灵的倾诉，它更成了一位倾心听我"唠叨"的密友。

处女作《愿我们时光依旧，不负相遇》出版后，我便乘胜追击，又完成了散文集《青春最美，梦想最大》，其篇篇文章、句句话语，就犹如是我与另一个"我"的内心对话。

从内心集结出来的这些文字，让我收到了许许多多陌生人的点赞与好评，也有很多读者通过我的微信公众号留言：原来我并不是孤独的存在，透过你的文字，我看到了世界上的另一个"我"……

终于，我如愿加入了省作家协会，被评为了"全国十佳小作家"，更收获了多位知名作家的认可和鼓励。

文字让我成功地完成了"倾诉"，而今后我又该为何而写？这是一个让我陷入良久思考的问题，最终回答我的，则是东野圭吾的《解忧杂货店》：松冈克郎为了音乐梦想而离家漂泊。当他迫于生计压力和亲友的嘲讽，向父亲表示愿意放弃做音乐人，回到家乡接管家里的水产店时，父亲大为震怒地对他说，我们做任何事情都要用尽全力，你要用自己的方式在这个世界上留下你自己的抓痕！

"抓痕"，这是我第一次听到这个词语。这时候我突然想到狄兰·托马斯的那首《不要温和地走进那个良夜》，我想人生苦短，恐怕只有当我们每时每刻都在自己热爱的道路上拼尽全力时，才有可能用这白驹过隙般的短暂人生在浩瀚的世界上留下一道浅浅的抓痕吧。

如果生命的时间是我人生的长度，我曾经去过的地方、读过的书是

作者在第十七届"叶圣陶杯"全国中学生新作文决赛现场

　　我坚信我写下的每一个文字都有它的含义，这些文字支撑与充斥着我人生的体积，它们刻画着我时间的轮廓，它们在我岁月的墙壁上留下一道道抓痕！

我人生的宽度，那么，我用文字对这个世界的表达是不是可以算是人生的深度？三者相乘，则可不可以算是我人生的体积？

我坚信我写下的每一个文字都有它的含义，这些文字支撑与充斥我人生的体积，它们刻画着我时间的轮廓，它们在我岁月的墙壁上留下一道道抓痕！

未来，我肯定会将写作坚持下去，尽力写得更好。我将努力成为一名有影响力的作家，用文字的光芒照耀更多读者。

（此文获得第十六届全国青少年冰心文学活动一等奖）

青春最美，梦想最大

愿世间所有美好都恰逢其时，愿拼搏自信无悔年华。

我从来不觉得人的成长是为了证明之前的不切实际。梦想是用来实现的，但太容易实现的，那就不算是梦想。

——题记

衡中，有多少人想进去，又有多少人想要出来？你能体会那种感觉吗？！

从我上小学开始，几乎周围所有的人好像都在鼓励我努力学习，努力考上衡中。对于当时的我，努力学习只有一个目标，就是考上衡中。那是一种怎样的体验，整个童年和青春岁月都像是为衡中铺设，当我的未来被别人锁定，当我无可奈何地接受，当周围的环境让我无法鼓起勇气说出我真正的梦想，我选择了放弃梦想，选择了接受别人为我设计的未来。

我考上了衡中，拿着那张用美好岁月和无限拼搏换来的录取通知书，我选择了将我的梦想封存……

进入衡中，我更加发奋努力地学习，争分夺秒，永远在奔跑。三个月后分班，我如愿考进了实验班，多少人为之奋斗、拼搏的北大，似乎在向我招手。

但，我却越来越沉默，越来越迷茫。清晰记得，在我很小的时候，就有留学的梦望，而在我几次出国游学之后，这个梦想则成了我的理想，且熠熠生辉、无法忘却，更无法释怀。但我也深知，自己为现在的这个衡中实验班付出了无限的拼搏和努力，我怎舍得放弃！

可是那天，偶然间读到的一本书，无意中看到的一句话，却深深地触动了我的心。

"你还记得你最初的梦想吗？"

最终，我选择了转学，选择了离开衡中。

办理转学手续的那天，语文老师真诚地问我："天娇，你真的想好了吗？"只记得当时，我笑中含泪，哽咽着异常坚定地点点头。

我离开衡中，转学到天津英华国际学校，终于开始追求自己尘封已久的梦想。

不曾后悔，依然感激，始终幸运。

无论相遇的故事最后会演变成什么结局，只要我们用力地欢喜过，就无悔。相信每一次付出，相信每一次选择，都是人间最美的一刻。我终究还是找到了，找到了微笑着走向明天的勇气。

我真的很幸运，我曾经放弃了我的梦想，但是，梦想一直没有放弃我。

我永远不后悔我做出的决定，哪怕选择的这条路更加曲折和艰难，但最起码，我对得起当年的自己，对得起青春中那个无处安放的梦。

青春最美，梦想最大。

我一直很喜欢"不忘初心，方得始终"这句话，所以我选择给自己多一点儿勇气，去追求自己的梦想，因为青春只有一次，反正都要努力，反正未来属于自己，为什么不选择自己最初的梦想，选择滚烫的人生呢？没有梦想的人生，是空乏的人生。

我不希望很多年以后，我会自责当时缺乏追求梦想的勇气。而现在，我想在我年长之后的回忆中，会有个嘴角上扬的青春模样。

我开始追求我的梦想
I started to pursue my real dream.

张天娇执导的微电影《梦想的力量》拍摄现场

　　不安现状、追求卓越、重视思辨的我，在高中生涯走到六分之一节点时，选择了转出衡水中学，进入天津英华国际学校，终于开始追求自己尘封已久的梦想。

我依然感谢衡中，它教会我坚强、努力和拼搏，也让我更加坚定自己的梦想。

　　我感激英华，它让我的青春不再无处安放，让我的梦想有处可栖，让曾经的梦想，终于有机会得以实现。

　　只要你足够善良，只要你足够努力，那么，请你相信自己，相信这个温柔的世界，相信时光给予你的一切，一切都是更好的你。

　　你要试着去接受这个世界对你的恩赐，哪怕会迷茫，哪怕会痛苦，但相信这些都是暂时的。请不要怀疑自己，你只需要走好你眼前的路，那些你曾以为了不起的大事，那些曾给你带来伤痛的回忆，终将成为你追梦路上的星辰，它们会引领你跨越时光，让你成为自己的太阳！

我们理当志存高远

尊敬的老师，亲爱的同学们：

大家上午好！

新学期已悄然过去一周，同学们都已进入了紧张而有序的学习。面对未来激烈的竞争，你是否已经调整好自己的心态，从曾经的无所适从中走出来，开始规划自己的理想？你是否已做好了充足的准备，努力奔向明确的目标砥砺前行？

威尔逊曾说："我们因梦想而伟大！"生活中不能没有梦想，而正值中学时代的我们更要拥有梦想，坚定信念，并为梦想而不懈努力。

为了梦想，我们要脚踏实地，尊师重道，坚韧笃行，求是拓新，努力取得优秀的成绩，不仅做一名合格的学生，还要做最优秀的自己；我们要诚信文明，厚德友善，并不断发现自己，做一个卓越的英华人；我们要明理自强，热爱祖国，乐观包容，做一位自信的中国少年。

梦想的起步是目标的树立，是信念的坚持。无论哪种目标，都要先制定长远的终极梦想，再细细规划出短期的阶段性目标，而后逐一突破，我们会发现梦想并非遥不可及。实现目标要做到专心致志，做每一件事都要踏踏实实、一心一意。

当然了，在追求理想的道路上，一定会遇到困难与挫折，我们需要及时调整好心态，在失败中吸取教训、总结经验，不抛弃不放弃，以目标为导向，坚定初心、矢志不移，毅力越坚定，就越容易到达梦想的彼岸。同时，我们要切记不要一步就给自己树立太高太远的目标，而是要结合自身的实际树立一次比一次高的目标；我们要脚踏实地一步步实现梦想，而不是急于求成、一蹴而就。

合理的高目标会带给我们自我挑战的动力，激励我们奋发向上，一往无前，在发现自我的同时，感受梦想的力量！

同学们，我们理当志存高远，且自信自强。梦想的实现，重在坚持，贵在行动。

实践发现，要成就更优秀的自己，不仅要取得理想的学业成绩，更要将"彬彬君子、风范公民"的育人目标作为我们学习和生活的目标，成为我们人生的追求。

目标的成功源于孜孜不倦的追求,梦想的实现源于坚如磐石的信念。我们要尽自己最大的努力为英华梦助力添彩，为中国梦奉献赤诚之心。

让我们从此刻开始，怀抱着实现个人梦、英华梦、中国梦的理想，扬帆起航，于春日明媚的阳光中欢呼雀跃，于生活的海洋中乘风破浪！

作者在胜者夏令营演讲现场

　　我们理当志存高远，且自信自强。梦想的实现，重在坚持，贵在行动。

回　眸

光阴，是岁月离开的一树繁花

轻风吹拂，暗香盈袖

用心品味，便能装帧成画

用心书写，便成一首诗

若念起，是感动

若畅想，是相逢

岁月，像一本深刻的回忆录

偶然间，将其拾起

掸去飘落的尘埃，展平泛黄的褶皱

心怀素念，一字一句地念完

感动之余，便会觉得，即使在那些不起眼的日子

也能将寻常的风景，看到泪流满面

让人不禁慨叹

光阴似流水东逝，欢愉如昙花一现

驻足回眸，来路留下深浅的印记；一路寻去，有花开鸟语，更有风

作者在宋城

匆匆岁月，流年易逝，我为世界改变了什么？
我又为世界留下了什么？

霜雪雨。

多少往昔，冷暖如流，掺杂着琐碎点滴，悄然浸润在无声无息的岁月里。

纵然时光不语，但仍会在某个不经意的时刻，念起，念起一切过往。

无须刻意地起承转合，也无须刻意地运筹帷幄，当你蓦然落笔的瞬间，岁月便为你填满了最美的期许。

匆匆岁月，流年易逝，我为世界改变了什么？我又为世界留下了什么？

愿于纷扰尘世，永不放弃真实

愿你在迷茫时，坚定你的信念，想你所想，做你想做，听从你心，无问西东。

——题记

一

"你听说了吗？天娇。班里好多人都说你转到国际高中去享福了，就是上那种不用刻苦、无须努力，花些钱，就能考上一流大学的国际高中了……"

这是我转到国际高中后，衡中的朋友聊天时告诉我的。

好朋友，我谢谢你在意我，谢谢你留意别人对我的评价；那些揣测我未来的同学，我也谢谢你们，短短两个星期的同学情谊，我能够有资格成为你们谈论的对象。

不过，很抱歉，对于这些话，我真的已经毫不在意了。当我再次回想起当时听到这些评论时的平静心情时，我笑了，张天娇，你真的长大了，我很喜欢现在的你。

现在回想，离开衡中这个决定，真的不是轻易做出的，我想，它完全有资格成为我人生中的一个重要的转折点。

绝大多数人看到的是，我离开衡中时的毅然决然，看到的是我离开时好似心情平静的表象；可你们不知道的是，我曾经的泪眼滂沱，曾经连续地，几乎一个星期的夜晚，我躺在宿舍的床上，望着窗外皎洁的月光，一次又一次地询问自己离开的理由。

我并不是一个冲动、任性的女孩，在没有完全说服自己之前，我是不会轻易放弃自己奋斗好多年才收获的硕果。在离开衡中的前一天晚上，望着窗外依稀可见的寒星，我问了自己最后一个问题："你，还记得自己最初的梦想吗？"

二

电影《无问西东》中有一个桥段，我印象尤为深刻。故事中，主人公擅长文科，他当时正面临选学科的问题，因为别人长期的误导——最好的学生都念理科，而选择了自己不擅长甚至不喜欢的理科。

为什么电影中那么多经典的桥段，我却唯独钟爱这段平淡的叙述？那是因为这个情节跟一个月前的我，真的很像，很像！

我很小的时候，当别的家长在给孩子灌输着"学好数理化，走遍天下都不怕""好好学习考清华北大"的观念时，我的爸爸却在引导我写作，在鼓励我读课外书。我心仪的大学不是清华北大，是哈佛、是耶鲁。

当别的孩子被家长逼迫着徘徊在语数英辅导班的时候，我的父母选择了给我一个纯粹快乐的童年；当别人拿着笔在纸上一遍遍地写计算公式时，我却拿着画笔描绘我心中的美好；当别的孩子闷在屋子里背英语单词时，我却在午后的阳光下手捧书卷品味阅读；当别人在寒暑假的辅导班里预习着即将到来的课程时，我的父母则选择让我走出国门，去认知外面的广阔天地……

从小到大，父母都选择让我听从自己的内心，去寻找属于自己的一片天地。

可是，中考前夕，一直坚持着留学梦想的我，终未能坚守住自己的珍贵理念，终未能抵住外界的声音："学习好的可都去衡中了""考上清华北大才能证明自己""清华北大一毕业好找工作""要想有个不后悔的青春，就要去衡中奋斗""出国留学？你是不是崇洋媚外，或是贪图安逸"。

也许，是没有足够的勇气去面对这些质疑；也许，是自己在成长的过程中不再一如既往地坚持最初的理想；也许，"不忘初心"随着时间的流逝已经淡然……

最终，我在那些话语的引导下，屈服了。

当时，考上衡中的同学在开学前，几乎都对自己即将到来的高中生活期待、兴奋，都憧憬着自己美好的未来。而我，即使在踏进衡中的校门时依旧迷茫，还在不断质问自己，这是不是自己真正想要的未来？

现实的磨炼重新唤醒着我的初心，内心深处的渴望一次次冲撞着我的内心。

如果能够重新来一次，我是否在一开始就有勇气不惧怕别人的"流言蜚语"，毅然决然地选择自己的路？如果时光真的能倒流，我想我会毫不客气地给当时那个迷茫的自己一记耳光，你曾经拥有的最珍贵的东西哪里去了，纵然长路漫漫，纵然世间纷扰，你怎能失去你的真实？！

三

何为真实？电影《无问西东》中反复颂赞的真实，到底是什么？人生的真实、生命的真实、本性的真实，在这个现实的社会，真实又有什么意义？

这些问题没有固定答案，每个人都有自己的回答，每个人都是自己人生的主角，每个人都是独一无二的，每个人都会用自己的观点去阐释这个社会，每个人又都没有错。

平衡理想与现实的天平，你需要多大勇气与智慧？

尚且，我才是一个刚刚步入高中的十六岁女孩，依然稚气未脱。没有人会特别关注我的见解，但我也不会强求别人的赞同，只是想我所想，说我想说。

生活，一吐为快才是真。

相对于同龄的其他女生，我想我的经历或许比较多吧。从时光老人那里借走了一些时光去经历人生，借走的是时间，增长的是阅历。付出的痛和伤与其说是代价，不如说是时光老人对我的莫大恩惠。

真实，真是真，实是实，这两个似乎可以独立的字，放在一起便构成了人性中最宝贵的美。

何为真？真心、真诚、真相，与真有关的词似乎都是美好的、积极的，而我想做的真应该就是听从我心，无问西东。真，是一种单纯，让人们不用恶意地去窥探这个社会、去揣度他人。

单纯的人最快乐！不是因为他们什么也不想，而是因为他们不会怀疑这个世界的美好，他们坚定地认为这个社会同他们心里所想的一致，社会美好而善良，他们相信世界和平，不会以痛而吻之。

真，是一种纯粹。记得爸爸曾经跟我讲，纯粹很难。不撞南墙不回头的人，是普通人；撞了南墙不回头的人，是执着的人；真的撞死在南墙上也不回头的人，是纯粹的人。

这样，很多人就会说，那这样看来，纯粹就是缺心眼呗，其实不然。纯粹的人往往很善良，他们不会去伤害你，不会去伤害这个世界，他们所坚持的一切都不会对社会造成危害，他们所坚守的纯粹，只是用尽一生去坚持自我，去肯定自我。"世界以痛吻我，我却报之以歌"，我想这就是纯粹的人所具有的宝贵品质。

执着与倔又有什么本质的区别？也许在很多人看来，两者是一样的，而我想它们最大的不同就在于：倔的人会伤害到自己，对社会，他或许无足轻重；执着的人也许也会伤害到自己，但执着到最后的结果，可能真的会使这个世界变得更好。所以，我亲爱的朋友，要做一个执着的明智者，不要去做一个倔强的徒劳者。

真，是一种生活态度，真诚地面对这个世界，坦诚地面对不完美的自我，我过我自己的生活，对自己负责就好，对于别人的恶意揣测，统统丝毫不在意。有人说做到这样真的很难，那就努力去做吧，朋友！

生活，本就是一次又一次的挑战拼凑而成，勇敢面对挑战吧，当你渐渐放下你的戒备心，不再过分在意别人对你的看法时，你会感到，原来生活还可以这般轻松。

我只是希望你可以坚持你自己，因为我为别人改变过，变成了一个自己并不喜欢的自己，那种连自我肯定都得不到的感觉，真的很痛苦，很痛苦！

不是说你不可以改变，改变也是一件有趣的事，但是我希望你知道，这是你自己的人生，你大大小小的选择，都会影响到你未来的生活，我鼓励自己去变成更好的自我，但是千万不要为了别人去变成你不喜欢的样子。如果快乐很难，那我希望你可以真，以真来护你一世的周全。看遍世间千山万水，归来仍是少年！

何为实？结实，实在。与实有关的词，都会给人一种力量的感觉。比起真，实或许相对比较简单，只要足够勤奋，只要你充分准备好。我想，实也许是一种处世方法。去想、去梦，这般简单的事，有点儿想象力的人谁都会，你需要足够的勇气要迎接的，便是实所代表的。去做，勇敢地去做。你要尽自己最大的努力去尝试、去实践，如果你不去为梦拼一把，有什么资格说你曾经有梦。

也许你一时半会儿做不到真，但是在追寻真的路上，你一定要坚定地去做、去闯，哪怕荆棘塞途，也请你保持实的姿态。

四

朋友，如果你跟我年龄差不多，也是一个花季少年，那么在成长和青春的课堂上，我们便是同学。

亲爱的女孩们，不要去幻想整容，不是因为危险，而是因为你真的不丑，你笑起来很可爱，请相信我的话。为什么会有美丑之分，我很好奇，到底是哪位神人，有资格去划分美丑，包括至今，我并不觉得容貌有多大的实质用途。

美丑又怎样，你要记住，亲爱的女孩，人造的容颜终抵不过岁月，脸上所注射的玻尿酸，终会成为衰老的催化剂。重要的是，你的内涵。永远不要忽视"真实"对一个女生的重要性，真实会让你遇见更好的自己。让你不去在意别人的看法，做自己的高贵公主。

喜欢就告白，不舍就挽留；难过就奔跑，开心就大笑。生活不易，别太为难自己。愿生活不拥挤，愿笑容不刻意，愿真实带你领略世间之美丽！

亲爱的男孩们，你们往往更容易真实，我一直羡慕男生的世界，朋友间有什么不愉快就会明说，这样的感觉也许就是真实的最初定义吧。去做一个真实的男生，做出属于自己的选择，不要总是依赖你的妈妈，你知不知道，没有哪个女生会喜欢一个"妈宝男"！

相信我，亲爱的男生们，你们的真实姿态会很帅。

人啊，唯真实，才奋斗；唯奋斗，才优秀；唯优秀，才可爱。所以先爱己，再爱人！

继续你的真实，继续你的理想吧。希望阳光很暖，微风不燥，时光不老，你我都安好！

野柳地质公园

　　生活，本就是一次又一次的挑战拼凑而成，勇敢面对挑战吧，当你渐渐放下你的戒备心，不再过分在意别人对你的看法时，你会感到，原来生活还可以这般轻松。

五

真实，大抵就是那陈年佳酿，那春风十里，那七月急雨，是那词不达意的温柔。

做一个真实的人吧，怀有一颗赤子之心，听从自己的内心，永远有勇气重新来过，只因为足够真实。

如果有机会提前了解你的人生，知道人生也不过这些日子，不知你们是否还会在意那些世俗，比如占有多少才更荣耀，比如拥有什么才值得被爱。等你们长大了，你们会因绿芽冒出土地而感到喜悦，会因朝阳的升起而欢呼跳跃，也会因给别人善意的拥抱而温暖。同时，万万切记在赞美别人生命的同时，永远不要忘记自己的珍贵。

愿你在被打击时，记起你的珍贵；愿你在迷茫时，坚信你的珍贵。爱你所爱，行你所行，听从你心，无问西东。愿你一生可爱，一生被爱。三月拾花酿春，六月流萤染夏，九月稻陌拾秋，腊月丛中赏雪。

一年四季，四季最好都赠你。

愿世间所有的美好都恰逢其时，
愿你拼搏自信不悔年华

无论相遇的故事最后演变成什么结局，只要我们真诚地欢喜过,那就无怨无悔,相信每一次的付出,都是人间最美的礼物。

——题记

一

只要你足够善良，只要你足够努力，那么，请你相信自己，相信这个温柔的世界，相信时光给予你的一切，一切都是为更好的你。你要试着去接受这个世界对你的给予，哪怕你会迷茫，哪怕你会痛苦，但请相信这些均是暂时的。请不要怀疑自己，你只需走好自己的路，那些你曾以为了不起的大事，那些曾带给你伤痛的记忆，终将成为你追梦路上的星辰，它们会引领你超越时光，让你成为自己的太阳。

二

岁月终会给你想要得到的答案，念念不忘的时光必有回响。

2017 年，对我来说，那是不平凡的一年，经历了大大小小的事,也接受了人生一次重要的转折。时至今日，我终于有了空闲的时间，有了属于自己的时间，有了自己想要的时间。我坐在书桌前，此刻窗外阳光正好，微风不燥，阳光暖暖，似乎能描摹出光芒的形状。

久违的阳光！似乎，好久好久都没有享受过这种沐浴在阳光下的感觉了。

2017 年，时光深处的记忆，在阳光下翻飞回转，往事如烟，浮现眼前。此时此刻，我只想借着光的暖，回味这一年的我。

2017 年关键词——中考

2017 年盛夏的斑驳光影，映照着六月的时空，那是我的中考日。

想必，中考对每一个学生来说都是不平凡的，它会被永远铭记在内心深处。

停笔时，看到时针恰好指向深夜一点，心中无比开心，因为五个半小时的睡眠，是我中考前最奢侈的享受。

为了中考，那奋斗的日子不过是一杯奶的早餐，三分钟的午餐和并不存在的晚餐；不过是洗脸刷牙时默默念叨的古文背诵；不过是贴在书桌和洗脸池旁的英语单词；不过是书桌上堆积的文综、理综练习题和反复勾画的试卷；不过是重做了一张又一张的数学试卷；不过是体考前休闲广场跑道上一圈又一圈的奔跑。

于我而言，这般努力与其说是为了考上衡中，倒不如说是给自己青春一个最佳的交代。

那时，我的青春无处安放。因为我从小就被培养成一个好好学习的乖孩子，所以十五年的时光就必须理所当然地交予衡中。这样，看似青春有了一个最好的结果，但于我，那是无处安放的十五年，因为自己想要的生活渐行渐远，梦想的彼岸在背道而驰中越发模糊。

2017 年关键词——衡中

那份红色的衡水中学录取通知书至今仍被我珍藏于书橱最高处。

没错，是珍藏。

即使如今我已经离开衡中，正式办理了转学手续，但我心中对衡中的那份情感，仍像青春岁月中的一束七彩光，绚丽耀眼而难忘。

我对衡中最深的感受，除了为它而奋斗的日子，除了在那里拼搏的日子，我想，大概就是这一次转学了。

考上衡中时，没有人会想到，我会有离开衡中转学的这一天。我清晰记得被衡中录取时，全家人的自豪神情，就好像青春得以收获，岁月得以安放，我也曾一味地被这样的心情"蒙蔽"。

你们知道我放弃出国留学而去衡中背后的原因吗？一直没有勇气提起这个原因，是因为我当时的那番话。

当时爸爸问我："天娇，你考上衡中了，你证明了自己的学习能力，还要不要去读国际学校，去实现你留学的梦呢？"我仍清晰记得，我说的那句令我至今都不愿提起的话："我不去，所有人都知道衡中，没几个人知晓国际学校，我要是在衡中，会有很多人觉得我优秀！"

那时的我被现实所左右，在夸奖和肯定中迷失了方向，梦想的小船在那时掉转了方向，离那个我从小坚持的梦想愈来愈远。

我是从什么时候开始失掉自己的那份真，开始对自己不真实，开始贪图别人的一句肯定，开始屏蔽自己内心的声音，开始过分在意他人的看法，从而失夫了自我呢？

我很庆幸，我醒悟得不晚；我很感激，我有重新拾起梦想的机会；我很幸运，我找回了真正的自己。这份离开衡中的魄力，是梦想给予我最真实的力量。

即使离开，我永远感激衡中：在衡中的四个月，我练就了坚定的信念，我磨炼了刻苦的精神，那种拼搏无悔的场景，会是我这一生无比珍贵的财富。

我始终肯定我所走过的这条路，我相信它是最好的安排。我从不后悔在衡中拼搏四个月，我也不曾后悔离开了衡中。因为只有亲身经历了衡中生活，我才有了更坚强的内心，才能更好地去实现留学的梦想，以及在这条路上遇见更好的自己。

因为我会从一而终，因为我会足够努力，所以上天给予我的便一定是最好的安排。

不曾后悔，依然感激，始终幸运。

2017 年关键词——自我

离开衡中后，我并未放纵自己，仍以严格的标准要求自己，但未将全部的精力都放在书本课程的学习上，而是更加注重英语的学习、身体的锻炼、读书的专注、实践的体验……

我开始比以往更加努力地学习英语，将英语当作最重要的学科，听英文歌，看英文电影，读英文论文。虽然我更喜欢中国电影和中文歌，但我删除了歌单里的中文歌，强逼着自己沉浸在英语的环境里。学英语，就是要逼自己一把。

当你下决心要做一件事时，当你的信念足够坚定时，全世界都会来帮你。

我开始注重课本以外的东西，我腾出更多的时间来塑造一个全新的自己。

我开始健身。我开始跑步，一个小时，两个小时，我一次次地挑战自己，也爱上了运动后那种舒畅的心情，运动确实能让人心情舒畅。而身材瘦下来，着实能为人增加更多自信。

我开始学习钢琴。从小到大的梦想，而彼时的周末，却总被学科作业占满。我想将自己塑造成我心中最美女孩的模样，一个指尖在钢琴键上滑过，奏出绵绵旋律的气质女孩，一个热爱音乐优雅大方的女孩。

我开始放下手机。等放下了手机我才发现，原来人与人之间的感情不仅停留在手机的社交软件上，真正的感情不会因你在QQ上晚回了对方几秒钟而淡化，也不会因为在微信上少跟他聊了几句而受到创伤。

真正的朋友不是QQ上的"巨轮"，也不是畅想着未来一起去哪里旅行，而是一个电话，约朋友出来——附近新开了一家超好的奶茶店，常去的书店到了一直想看的那本书，商场里看中的那件衣服正在促销……世界那么大，友情又那么不易，不要隔着屏幕思念，手挽手相见吧！

我开始如饥似渴地阅读。说来惭愧，其实从小到大，读书并不算多，有很多想看的书，因为忙于预习、复习、做题，无法真正静下心来阅读。如今，每逢周末的下午，我可以坐在自己喜欢的、软软的摇椅上，在微醺的阳光下静心阅读一本书，用自己最喜欢的彩笔在书页上轻轻勾画出欣赏的句子。读罢，便在书桌前坐下，将那些优美的文字工整地记录在心仪的小本子上，再不时地翻阅。那是我喜欢的文字，是能将我内心美好净化的文字。

我开始写作。我喜欢写作，喜欢用文字记录下我的所想所言，想我所想，以我之手，写我所爱，生活的小事，旅游中的感悟，读书后的随笔，还有对自己的希望，对未来的憧憬，都被我用文字诠释，也诠释出了自己青春的模样。

三

我开始做一个真实的人，去努力，去拼搏，去坚持；去做自己想做的事，去实现自己未完成的梦想，去遇见时光深处那个最好的自己。我想，这便是青春理想的模样，勾勒出梦想最美好的轮廓。

而我曾经所经历的事情，在时光不停向前的脚步中，得以温暖地诠释。曾经无聊时背过的文学常识，在外教课上发挥得淋漓尽致，那是回答问题时的肯定和从容不迫；曾经有感而发写来消遣时光的文字，在爸爸的帮助下，编辑成书，为我的梦想增添了浓墨重彩的一笔，也实现了年少时以为遥不可及的梦想。

曾经参加过的夏令营和游学，看似没什么突出的改变，其实早已在潜移默化中改变着自己，让我成为一个自信、勇敢的女孩；曾经无意间听到的一首主题曲，喜欢上了那部电视剧，而里面的主角江辰也给了我莫大的勇气和力量，在我迷茫的那段时间，成为我心中的光芒。

四

因为经历过，所以有底气说出这番话；因为体验过，所以有信心肯定自己的观点；因为努力过，所以有说此番话的从容。

我曾经也是个悲观的人，认为自己不够好，认为世界不公平，没有给我任何闪光点。但随着不断成长，我发现只要自己足够努力，只要自己足够善良，那么世界就会给你想要的东西。

我并没有让你学会认命，而是，永远不要屈服于你所认为的命运。你所经受的磨难，你所认为的不起眼的小事，终将成为你梦想道路上的点点星辰。

也许你曾跟我一样，认为自己的世界平淡无奇，认为自己的人生暗淡无光；也许你的梦想很丰满，现实却很骨感；也许你对未来的憧憬和希冀被一次又一次的挫折所摧毁，但请你相信我，也相信这个善良的世界，只要你足够努力，只要你足够善良，世界会给你你所想要的。

我们都是浩瀚宇宙中的小小尘埃，同时我们又是自己的星辰，更是自己的太阳。我们无法强大到去改变这个世界，其实世界很美好，只要你拿真心去对待世界，就像在大山中呼喊后听到的回声，你给世界的，

作者在英华国际学校图书馆

　　无论相遇的故事最后演变成什么结局，只要我们真诚地欢喜过，那就无怨无悔，相信每一次的付出，都是人间最美的礼物。

世界会加倍奉还你，所以去拼搏吧，去善良地对待这个世界吧，做一个时光深处真实的自己，无问西东，听从内心，你会在一次又一次的尝试中发现更好的自己。

永远不要怀疑你现在所走的路，你只需坚定地大踏步向前，你的坚强和努力会永远伴你左右，你的真诚和善良会永远护你周全。

你要永远相信你现在所走的路是正确的，你要肯定自己，你要对自己有信心，请你给世界一个善待你的权利。

只要你善良、努力，只要你真诚、勇敢，那一切便是最好的安排，也许现在你会迷茫、会疑惑，但请收起你的迷茫和迟疑，听从自己的心，带着爱与梦想，砥砺前行！

五

感恩每一个醒来的清晨，感恩每一个夕阳下的黄昏，岁月漫漫，我们都是赶路人，一路风尘仆仆，于情深处，微笑释然，相信这是最好的安排。每一缕阳光都值得珍惜，每一次机会都要把握，每一个人都值得去善待，每一寸光阴都需要用心丈量。

一片叶落在哪里都会化作护花春泥，一朵花开到哪儿都会吐露芬芳。即使不执着于快乐，快乐也会来；即使不逃避于痛苦，痛苦也会自然远离。正如丰子恺所说，既然无处可逃，不如喜悦，既然没有净土，不如静心，既然没有如愿，不如释然。感谢每一次磨炼，让我迈向成熟。

我相信，风会记忆一朵花的香，而我也会记得这一年来所有的温暖、所有的美好。拈花、微笑，此刻只想拥抱自己，拥抱那些春暖花开的情谊。

未来的路，我会坚定地走下去，一如我坚定地相信，这一切便是最好的安排。

这一次，请相信自己，给世界一个善待你的机会。

愿世间所有的美好都恰逢其时。愿你拼搏自信，不悔年华！

愿你强大到拥有自己的铠甲，
愿你温柔时仍保持少年模样

许多年以后，当你慢慢长大了，你会发现这个世界与你想象的并不匹配。时间在抹去你伤口的同时，生活的荆棘会再次刺伤你刚刚痊愈的心。

你不懈地奋斗，只是想锻造一套足够强大的铠甲，去抵御世间风霜雨雪。夜深人静时，你也会在夜空下叹息。在忙碌的尘世间，你已习惯了快节奏生活，似乎不知道怎样卸去一身疲惫，不知怎么去放松身心。独自的日子，早已习惯假笑。

去看一集动画片吧，看看灰太狼是怎样一次次失败却不放弃的，去看看熊大、熊二和光头强烦恼不断、欢乐无尽的日子，去体会体会大雄和哆啦A梦那段洋溢着爱与温暖的友情，那不正经却很单纯的蜡笔小新，那永远充满正能量的海绵宝宝，去回想一下你曾经的童年，去追回你少年时的模样。

愿你强大到拥有自己的铠甲

世界真的不公平吗？你无法改变世界，但你可以改变自己。犹记得小时候，爸爸妈妈会给我讲很多成功的人的故事，那时候，他们总是会在讲完后告诉我，这个世界是公平的，只要努力就能成功。

我坚信这个所谓的真理，一路成长，努力拼搏，而学习成绩有时却并不尽如人意，自己已经竭尽全力地去做一件事，结果却无法达到预期的那般。而每当这个时候，我总会哭着跟爸妈说："我已经很认真了，为什么我还是没有考好，为什么别人总能考第一。"那时他们总会安慰我："没关系的，你要相信世界是公平的，只要你努力，以后会好起来的，你和别人都是一样的。"

而渐渐地，随着我慢慢地成长，他们也越来越少提起世界的公平。到后来，他们就会说："没关系的，只要你竭尽全力了，结果并不那么重要。"

当我再长大一些后，他们似乎总是有意回避着什么，再也不跟我说世界是公平的，再也不说我们都一样。起初的我真的很疑惑，后来才后知后觉地意识到：原来，世界真的不是公平的。

虽然"世上无难事，只怕有心人""只有你做不到的，没有你想不到的"这些话听到过无数遍，但你不得不承认，有些人天生比你聪明，有些人就生在优越的家庭，有些人生来就有天赋，他们总是那么遥不可及。

这个世界真实的是：有些人，有些事，你再努力也会与期望有差距，你再拼搏也看似无济于事。有些话就是一碗现实的毒鸡汤，然而这些并不是你停步不前的借口。

你总说这些毒鸡汤让你失去希望和信心，归根到底，还是你不够强大。毒鸡汤往往与童年的印象背道而驰，童年知晓的有些也许是真的，但真正的生活也许更可能是碗毒鸡汤，这也现实。

哪有那么多心灵鸡汤给你喝，那些"熬"着鸡汤的人，你又怎会知道他们背后的种种经历，你又怎会想到，也许在他们熬鸡汤的时候，他们过去的经历一幕幕重放，他们又一次次地落泪。

你要习惯现实的毒鸡汤，就像适应现实的残酷一样。"适者生存"，从来不只是说说，那后半句的"不适者淘汰"才是你不得不面对的艰难。

你要知道，这世界上还有许许多多努力的人，他们也许不如你，也许是你望尘莫及的榜样。你要清楚地记住，努力并不一定会使你成功，但不努力你必将不会成功。你要知道，这万千世界，有多少比你更优秀的人，远比你更加努力。就算生活不公平，世界不公平，上帝给予你们的天赋或多或少，但你要记住，每个人的苦难总归不会相差太多，在你看到别人的风光时，你却无法看到他们经受的苦难。

为什么有时候，你会看到那些所谓成功的人在述说自己的经历时会泪湿眼眶，那泪目的背后是无穷的故事，那些故事也只有他们自己真正地知晓，真正地懂得，懂得那些不为人知的艰苦。

这个世界上没有哆啦A梦的万能口袋，没有哈利·波特的神奇魔法，没有踏着五彩祥云的齐天大圣，有的只是要你自己强大的内心，坚定不灭的信念。

纵然生活艰难，纵然未来的路上布满荆棘，但这些永远无法阻止你前进的脚步，恰恰相反，这些应该成为你不断进步的动力。俗话说"初生牛犊不怕虎"，从前的我们，曾经什么都不怕，而如今，有多少人面对生活的挑战望而却步。曾经的我们"天不怕地不怕"，却一次次被生活折磨得遍体鳞伤。如今的我们会胆怯、会畏惧、会犹豫，所以我们一次次的自责、懦弱，一次次的懊悔、寡断，那些还没来得及说一声再见的人，那些想说却从未说出口的话，只因差那一点点的不果断，只因差那一点点的不勇敢，只因那一分内心的不强大，便留遗憾。

我们还要习惯孤独，因为生活本就不是童话。

那些萍水相逢的人，到最后也终是杳无音信，那些爱过恨过的人，在岁月的辗转中，也失去了联系。离别似乎永远是相遇必须要面对的命运。当生活开始在你的身边做减法时，孤独就是你的必修课。你只能明白孤独是与生俱来的东西，因为灵魂尽头，路只有你自己走，孤独不可避免，逃避只会变得更糟。试着去接受它，去跟离别好好地说一声再见，然后在独处的时候努力去充实自己。

想要摘星星的人，孤独是你的必修课，到最后孤独带给你的，远比它让你失去的更多。

没有人天生懦弱，没有人渴望失败，我们都渴望成功，都渴望到达人生的巅峰，然而现实却总不尽如人意，登上巅峰的人也只是少数。但我们都一样，我们都在山脚下仰望云层中的闪亮，所以在你失意灰心想要放弃时，请想一想，还有很多人跟你一样，在跟困难这只猛兽奋力抗争，甚至，他们的伤口比你还要多。但我们也不一样，因为终归会有人突破重围，凭一腔热血和决心，徒手攀爬生活这座高山，总有人会登顶，总有人会翻越。

我所希望的不过是一个坚强的你。也许你无法像你的偶像那么成功，也许你无法完成你心中的梦想，但只要你问心无愧就好。

无问西东，坚持你想要的，让内心更加强大，才能去抵御世间的种种苦难。愿你在一次又一次的磨难中，磨炼出更加强大的自己。我们都知道，自己无法像超人一样强大，然而我们只需要做到不畏惧，不懦弱，坚持做自己生活的主角，在生活困难一次次折磨你时，仍能笑着跟它对抗，就算摔倒又怎样，摔倒了就再爬起来，对着困难这只猛兽说："你可真弱，接着来啊，我还没发力呢！"那些闪闪发光的牛人跟你的不同，只是他们已经学会了不抱怨，把抱怨的时间用来做该做的事。我们之所以会焦虑，无非是因为跟想象中的自己有距离。而打败焦虑最好的办法，就是多去做些让你焦虑的事情。

在你遭遇到困难时，在你痛哭流涕时，我不会在旁边为你递纸巾，或将你拥入怀中轻声安慰，我会使劲替你抹去泪痕，然后对你说："哭什么哭，你看看我，比你还惨！"因为这是我所认为的最好的安慰。

岁月悠悠，长路漫漫，愿你强大到拥有自己的铠甲，强大到无须七彩祥云的护持，能够做拯救自己的齐天大圣。

无论昨夜你是怎样泣不成声，早晨醒来城市依然车水马龙，你我都一样，别抱怨，别气馁，也别生气，不要因为今天的一点点不顺心，就随便把今天输掉。

生活这碗毒鸡汤，我先干为敬。

愿你温柔时仍保持少年模样

"你都这么大了，怎么还在看《海绵宝宝》？"

"没什么，只是我看海绵宝宝永远这么开心，看着我也就很开心。"

后来，《黑猫警长》还是没有出续集，灰太狼还是没有吃到羊，机器猫不得不离开大雄回到未来，蜡笔小新还是那么不正经，海绵宝宝仍一如既往充满正能量。但是他们却都带给我们不一样的成长与温暖。黑猫警长的正义总是让我们印象深刻，白猫班长的牺牲总是让我们为之动容，那是我第一次知道什么叫死亡，也同样理解了什么叫正义；灰太狼虽然没有吃到羊，虽然还是经常挨红太狼的平底锅，但它一次次失败却从不放弃，青青草原的故事也陪伴了我整个童年。

小时候，灰太狼和红太狼的关系，让我第一次知道爱情是不离不弃，却从未放手；大雄没有了哆啦A梦，却也更加努力地证明自己，而未来的哆啦A梦看着他的成长，止不住地流下欣慰的眼泪；不正经的蜡笔小新也实实在在地给我们带来了很多欢乐；海绵宝宝的海底生活仍在继续，有一个跟自己一样神经大条的好朋友，有一份自己十分热爱的工作，有一座可爱的小房子，生活简简单单，内心纯净美好。

我们无比怀念的曾经，不过是时光缓缓前行中遗落的美好。下一次，当你看到那些高中生，那些大人，那些本应在生活中坚强前行的人看着动画，他们笑，他们哭，请不要再惊呼"你这么大了，怎么还在看这些小孩子看的东西"。因为你看到的只是他们表面伪装的坚强与成熟，而你未曾见过的，是笑和哭之后的叹息。他们被学习、被工作压得喘不过气，他们在一次次被否定后，仍要努力撑起残存的信念。他们很累，他们有着不为人知的心酸，所以他们当中的一部分人又重拾起儿时的记忆。

打开电视的那一刻，看着少年时的角色再次出现在眼前，就像是整个世界的单纯与美好，在苦难中开出的一束昙花。

世间变化太快，你要忙着去适应，在一次次的改变中，你近乎丢失了初心。你尽力地去适应世界，这世界却从未停下来去适应你的梦想。你唯一的慰藉就是，打开电视的那一刻，他们仍未变，此间少年，一如既往。愿你不忘初心，继续少年模样。

愿你永远记住心中的黑猫警长，永远要相信正义。记得黑猫警长追捕一只耳，恶势力显得多么可怕，可你要坚信，这世间仍然有许许多多像黑猫警长一样的人，去守护你的安全，守护人间的正义。

还记得那个牺牲的白猫班长吗？有多少人当时不知不觉模糊了双眼。我想，这也是黑猫警长教给我们的人生一课吧：生命本来就是由一次次或大或小的告别组成的。

告别，也许是对过去状况的告别，不念过去，忘记过去的烦恼与不快，重新闯出自己的一番新天地；也许是人与人之间的道别，老友相会后的道别，毕业时老师和同学的道别，背起行囊去漂泊闯荡时跟家人的分别。

还有，像白猫班长一样，生死相隔的道别。我们总会面对生离死别，我们总会失去那些对我们无比重要的人，黑猫警长抱着白猫流下的那滴晶莹的泪，触动了多少人敏感的心。有些人，你可能已经见过他最后一面了；有些人，可能你还没有意识到他对你有多重要。每个人来到你生命里总有意义，即使你们终究要离别。好好珍惜你身边的每一个人，一如珍惜你自己，因为正是有了这些人，你才是现在的你。

很开心你能来，不遗憾你离开。

愿你能够做一只属于自己的灰太狼，坚持梦想、永不放弃。

那片青青草原，是少年的梦开始的地方，但它却没有结局。灰太狼仍然没吃到喜羊羊，也依然经常被红太狼的平底锅打。我们一次又一次地看着灰太狼被羊村打败，那句"我一定会回来的"承载着多少的回忆。

那时候每次听到这句话，都很想笑，笑他笨，笑他傻，笑羊村又胜利了。

而我们慢慢长大，面对灰太狼，却很难笑出来了。因为我们都渐渐地意识到，他是多少人的缩影，我们也终于醒悟，灰太狼那不是傻，也不是笨，恰恰是我们都缺少的那份坚持。试问，如果你是灰太狼，你能不能坚持下来？一次又一次的失败，作为一只狼，尊严一次次被践踏，它的梦想很简单，只是想吃到羊，却一次又一次被困难和失败挡在梦想的门外。而我们，又有谁，在失败时总能大喊一声"我一定会回来的"。这是莫大的信念，是不屈的骨子里不服输的倔强。

我们会被失望拖进深渊，被疾病拉进坟墓，我们会被挫折践踏得体无完肤，我们被嘲笑、被讽刺、被讨厌、被怨恨、被放弃。但我希望你可以做灰太狼一样的人，在内心里保存着希望，保留着不甘的心、不放弃的心。在绝望里，这种不甘放弃的心，会变成无边黑暗中的小小星辰。愿你像灰太狼一样永不放弃，同时也希望你可以有一点儿不一样，愿你成功，成为自己的星辰。

我们跑不过昨天，但却能跑过昨天的自己。愿你活成海绵宝宝的模样，心存感激，永远积蓄正能量。

写到海绵宝宝，我突然忍不住笑了，拿起手机随便看了一集海绵宝宝，想象中的他，仍未失望，看到这个黄色的小海绵，我安心了。未知的海底潜藏着多少危险与恐怖，虎鲸、鲨鱼、一望无际的黑暗海沟，而在海底深处，有一处叫作比基堡的地方，那里有一位黄色的小海绵。大家都叫他海绵宝宝，他的房子是菠萝形状的，他说过他爱他的这座小屋；他有个特殊的小宠物——一只蜗牛，它叫小蜗，海绵宝宝很爱他的宠物，他的宠物也同样爱着他；他一直在蟹堡王那里工作，他会做美味的蟹黄堡，他薪水不高，但他愿意付出一辈子只做这一份工作，他说他很喜欢；他有好多可爱的朋友，最要好的那个叫派大星，他是个粉色的海星，他说他们会是永远的好朋友。

从 1986 年到未完待续，海绵宝宝还在，一切也都还在，所以快乐很多时候也在。

一座快乐温暖的小屋，一份热爱的工作，一只可爱的宠物，一位最好的朋友，简简单单，又不失温暖和幸福。万千尘世生活中，我们忙忙碌碌，然而一切归于平淡后，很多时候我们想要的，不过就是一份海绵宝宝式的生活。海绵宝宝教会我们的是那份对爱与温暖的守护，那份对生活的热忱和对朋友的珍惜。积极地面对你的生活，你将会体验到前所未有的快乐，你要去笑，要乐观，摔倒了又怎样，爬起来接着跑啊。世界上比你惨的人多的是，你拥有那么多，哪有迈不过的槛。苦难是人创造的，那自然我们也可以解决，生活总有不如意，放平心态，贪图、贪恋又有何用，春暖花开自然好。

所谓得到快乐，不过是学会了放下。心间澄明清澈，事事顺其自然，还要记住，学会笑，学会多笑。

有些时候，你总会不经意地怀念从前的日子，暗暗回想起少年的时光。天真的你终会被现实生活染上虚伪。你学会了假笑，努力去做自己也许都不喜欢的事。你沉默着一挥手，单纯、天真就像废纸一般被抛弃。

你说这就是人生必经的事；你说你不需要天真幻想、不需要单纯澄澈；你说这就是生活，可你眼角却有泪，可你声音在沙哑，可你依然在夜深人静时怅然若失。每一年每一天，也总是匆匆忙忙。我们来自不同的地方，却曾经同样发誓要做了不起的人，可却总在寂寞中忽然醒来，因为忘记了自己为什么要这样。

许多年前，你还是个朴素的少年，你有一双清澈的眼睛，你习惯奔跑，你喜欢大笑，你想看遍这世界，你想去最遥远的地方，你感觉自己长了翅膀，能像孙大圣一样腾云驾雾，翻越高山和海洋；你曾相信爱会永恒，相信每个陌生人，相信自己会成为梦想中的样子。可你渐渐地在生活中迷失了，你不再天真、不再自信，不敢轻信、不敢承诺未来、不敢爱、不敢恨……没错，成长很残酷，你也必须改变，但这绝不意味着抛弃善良和信任。你可以按照你从前的方式继续生活下去，因为那是你

作者在英华国际学校教学楼大厅

　　纵然生活艰难，纵然未来的路上布满荆棘，但这些永远无法阻止你前进的脚步，恰恰相反，这些应该成为你不断进步的动力。

自己的选择，但请你仍能坚守心中的澄澈，仍能记得自己少年的模样。

当你累了，有时间了，不妨看看动画片吧，试着找回从前的自己，还有那份已经被深埋的初心。你会长大、你会改变，纵然你能经受现实的打击，也请你回顾少年时。因为少年时，永远是你最美好的模样。

世界之大，学会倾听自己。所谓的成长，就是越来越能接受自己本来的样子，也能更好地跟挫败的、孤单的自己相处，并且接受它。无论将来你会遇见谁，生活都是先从遇见自己开始。

愿你强大到拥有自己的铠甲，披荆斩棘；愿你温柔时仍有少年模样，天真烂漫、澄澈热忱。我会一直在你身后，陪着你们，走过世间风风雨雨，我无法做你的齐天大圣，但我可以鼓励你成为你自己的星辰。

我心梦幻所至

——大明王朝

当年明月的作品《明朝那些事儿》，曾一度是我心头的朱砂痣，自我记事开始，便无数次看到父亲在书桌旁阅读这套书，时而眉头紧锁、时而眼眶红润、时而叹气惋惜，神态变幻莫测。我当时不解，这区区明朝历史怎会如此动人情绪；待长大一些，经常听到父亲饱含深情地讲述书中的一段段历史、一位位人物、一个个故事。我也曾被这其中的人与事所感动，但也仅仅是过耳风声，也仅仅是心中微微一动而已。

《明朝那些事儿》"伴随"了我的整个童年，而我却一直未翻开过这套书，但细细回想起来，其实心中一直存有对这本书的阅读期待与憧憬。

我的人生大戏之大学申请渐渐落幕，加上防疫特殊时期，我只好蜗居在家。偷得浮生半日闲，自读高中以来，我第一次有了真正属于自己的闲暇时光：追剧《锦衣之下》，喜悦于男主、女主的爱情终成正果。我被陆绎这位主人公所吸引，为何？因为他是大明第一锦衣卫陆炳之子。在他身上，我看到的是锦衣卫的威风、坚忍；感受到的是锦衣卫冷酷、残暴表象下时有的真情正义。锦衣卫，作为明朝特有的职业，所承载的是大明王朝两百余年荡气回肠的厚重历史。

那一天，我终于拿出了尘封于书柜已久的《明朝那些事儿》，于暖阳和煦的午后，翻开了这本心念许久的"她"。也正是从那一刻开始，我便深深沉浸在这明代王朝坎坷震撼的历史之中。

桌前那浸湿的纸巾，日记中落笔铿锵的字迹，心中久久难以释怀的心绪，直至我正式阅读这本书，我才真正体会到了父亲当年的情绪。

曾经，它是我心头的朱砂痣，而如今，它是我信念中的白月光！每忆至此，难以忘怀！

明朝！它不再是我中学历史课本中那个光阴逝去的明朝，今日起，我愿崇敬、尊畏地称呼它为"大明王朝"！

这是一篇你难以想象的读后感，它有着基本的报告框架，却有着不寻常的内容陈述。它也许不像你印象中的读书报告那样，缀满了书的情节分析，它将在情节之上厚载我芳华之时的深刻感悟，而更重要的是，这篇读书报告要寻找的不只是一个报告内容的审阅者，更是一个前往大明王朝的历史探索者！

我曾感受过波澜壮阔的大明风华，沉醉于其千回百转的悲欢离合，而如今我真挚地希望、诚挚地邀请你，一同来到我的读书报告中，与我一起感受我心中的大明王朝，去探索明朝那数段厚重、震撼的历史，去了解大明王朝数位传奇、伟大的人物！

这一刻，希望你已经准备好。

让我们一同体会这位奇才作者——当年明月的心路历程吧，一同去了解这部旷世奇作的创作背景！

明月何灼灼

"不那么一本正经的正经人。"

当年明月，原名石悦，湖北宜昌人，2006 年首次在天涯社区上连载长文《明朝那些事儿》，随后转战新浪博客。其作品月点击量均超百万，在历史界锋芒毕露，同时在社会上受到广泛关注，引起一场学习、阅读明史的热潮，被媒体称为"明月门"。

当年明月为中国明史学会会员，青年历史学者，也是中国心灵历史的开创者，他强调"写史即写人，写人即写心"。他通过其长篇正史记叙小说《明朝那些事儿》一举成名，一度成为中国畅销书作家，并连续五年登上中国作家富豪榜。

曾经，当年明月小学的时候跟父亲一同路过书店，便执意要进去看看。那时小石悦一眼就看中了那套《上下五千年》，父亲欣喜地以为他对历史很有兴趣，但实际当时的小石悦根本不晓得历史为何物。

世间万事万物都遵循自然规律，唯独缘分难以捉摸，无以言说。当年懵懂的小石悦就抱着那套花了父亲五分之一月工资买的《上下五千年》，开心而又满足地踏上了回家的路。殊不知，他与历史的不解缘分也正是在那一刻，在他的生命中悄然落种生根，在后续中发芽成长，最终开出了一朵"旷世奇花"。

在当年明月的小学时光里，这套书一直陪伴在他身边，直到上中学前，他已经将《上下五千年》整整读了十二遍。长大后的当年明月，继续阅读了各种历史文学读物，他发觉明史最有意思，因为明朝每个人都特立独行，性格鲜明。于是他以兴趣为起点，多年来笔耕不辍，用独具风格的文字去向世人展示他心目中无比珍爱的大明王朝。

当年明月用自己的灵魂还原了历史，而明朝同样在他的历史里还原了灵魂。

在如今这个快餐文化的时代，当年明月用他自己的表述方式，以幽默诙谐的风格、通俗却不失严谨的语言，完整地叙述出大明王朝二百余年的历史，该书一经出版发行，便受到无数读者的追捧。他自己对历史有着深厚的兴趣，他也同样希望更多的读者可以正视和喜爱自己国家这上下五千年的灼灼文化，于是他将自己的诙谐调侃完全融入文字和叙事中，形成了《明朝那些事儿》鲜明的风格。正是当年明月的个性成就了《明朝那些事儿》的个性，也正是《明朝那些事儿》的个性成就了他的独特和大行其道。

正如他自己所说："以这种笔调来写历史，是因为我自己本身就是这样的人，我压根儿就不是个一本正经的人，平时就喜欢调侃。"当年明月并不是人们印象中严肃正经的历史学者，他并没有那副固执刻板的模样，朋友们戏称他是个"不正经的人"，正是因为他并没有把历史当作一个枯燥的科目，所以他不对过去王朝帝国深究，而是对过往岁月进行探索。

但是，他对于历史仍有着崇高的敬畏与尊重，他尊重大明王朝中的每一位大人物、每一位小人物，他敬畏大明王朝中每一次震撼人心的历史事件，他一次次无比严谨地翻阅历史书籍，走遍中国，去考证明史中一个个微小的细节。他真正用心去感受过去，用心去记叙他心目中的大明王朝，他是一个真正热爱历史的"正经人"。

从"不正经"的性格到"正经"的态度，当年明月坚定着自己的初心，笔耕不辍。也正是他这种独特的"两面性"，让《明朝那些事儿》在万千历史读物中脱颖而出，闪烁出它独特的光芒和魅力。

正如他所说所愿，"历史书籍也可以写得好看"。他的确做到了，承载他独特风格的《明朝那些事儿》让无数读者享受了一场大明王朝撼人历史的饕餮盛宴；也同样为历史正名，那便是历史本应该就是一种享受，而不是陈旧古朽的记忆，它可以写得好看，但其实它本就好看。

大明王朝，光芒万丈；中华历史，灼灼其华。

关于《明朝那些事儿》

"不那么一本正经的正史。"

当年明月对《明朝那些事儿》的体裁，一直未能给出一个准确的界定，他只是一再强调，自己所写是明朝正史，主要参考资料来自《明史》。但是《明史》作为一部体例严谨的卓越历史著作，且是纪传体的断代史，读起来常令读者云里雾里。而当年明月破天荒地开创了一种"白话"事件史，捧红了纯粹的"草根白话史"，真正以一人之力，将明史的碎片细心地粘贴、复合，完成了大明王朝光彩夺目的历史叙述。我们不妨认为，《明朝那些事儿》是一个"不那么一本正经"的人所演绎的一部"不那么一本正经"的正史吧！

《明朝那些事儿》陆续出版至第十部，百万字间道尽了明朝两百余年的历史光阴。从朱元璋击败元军创立明朝，开启一段盛世佳话起，到1644年清军入关、进京，崇祯帝煤山上吊自杀以誓死捍卫大明天尊而止。

钩心斗角，尔虞我诈，读来令人毛骨悚然的朝廷内斗；金戈铁马，荡气回肠，读来身临其境的震撼战争场面，这一切尽在《明朝那些事儿》中得到展现！

表达方式。不同于别的历史读物，《明朝那些事儿》最独特的特点便是采用白话记叙，吸引大批读者深陷历史的魅力而无法自拔。

以往的历史读物严谨遵循时间线，重在叙述各个重大事件之间的联系，将各朝各代的盛衰发展以一种客观记叙的口吻记录下来。这曾是我心目中的历史读物，我想也是绝大多数人认为的情理之中的历史类书籍的表达方式。因为历史本就是一段过去的时光，逝去的时光一成不变，读起来虽然严谨却较多枯燥寡味，对事物的评价虽然公正却较多冰冷生硬。

《明朝那些事儿》的出现，带给了我意料之外的惊喜。这部书的第二大特点便是选取人物作为历史的主要载体，"以人为本"，去展现一番别具风味的大明王朝，而这一表达方式也是这部书的主要魅力来源。在这本书中，大明王朝二百余年的历史，不仅仅是纸上枯燥无味的时间轴，而更像是一幅被追忆的过往画卷。

在当年明月的笔下，那些尘封在时光深处的历史人物，仿佛奇迹般复活了，一个个有了血肉之躯、有了思想灵魂。"以人为本"写作的历史读物，最大的魅力便是历史上的万千事件，都是由活灵活现的人物引出来的，在当年明月的字里行间，我们仿佛处于金戈铁马的战场，仿佛骑着骏马追随着朱元璋、追随着朱棣驰骋沙场，视死如归般向敌人冲杀过去；我们仿佛站在郑和舰队的甲板上，望着辽阔无垠的大海感叹大明之强盛，并知晓他们一路以和平为信念，开展友好外交，收获了无数赞誉与朝贡；我们仿佛站在大明王朝的朝堂之上，与用词犀利的言官们辩论短长，看到了刚直不阿的于谦，痛骂着将大明置于危亡的"死太监"王振，正义进谏为智慧忠臣杨士奇平反。我们仿佛跟随着这些特立独行的人物，领略着百态千变的大明风华！

明朝的历史在当年明月的笔下已经不再是一段被尘封遗忘的逝去光阴，而是穿越时空去赴一场与大明王朝的旷世奇遇。

当年明月的语言饱含情感，虽诙谐幽默，但不失公正平允。即使他将自己的情绪、情感融入作品，但作为读者，我对这些人物事件的评价更像是这些人物亲自向我展示爱恨情仇、悲欢离合。我认为明朝人的忠诚不是因为史料记载，也不是因为当年明月的评价，而是我在书中仿佛真真切切地感受到了那些人的心路历程，他们的事迹让我发自内心地生起崇敬之意。这是高阶水平的阐述，这是当年明月语言的魅力！

也许我们曾只是历史的旁观者，冷眼旁观历朝历代的兴衰更替，随即再次将它尘封在历史的长河中，但《明朝那些事儿》让我有幸成为大明王朝这段过往的"参与者"。一切都是那么栩栩如生、情真意切。

这是语言的魅力，我更承认这是当年明月的智慧！

如果你想了解明朝的历史，书店中陈列的明史书籍会是你的首选。但如果你想真正地感受大明王朝的风华，那就去阅读《明朝那些事儿》吧。相信我，它必定会成为你心中难以泯灭的"意难平"！

引入：大明风华启

夏商与西周，东周分两段；春秋和战国，一统秦两汉；三分魏蜀吴，二晋前后延；南北朝并立，隋唐五代传；宋元明清后，皇朝至此完。

中华民族上下五千年的震撼历史，书写一生道不尽一朝两代的悲欢离合。大明王朝，中国历史上最后一个由汉族建立的封建王朝，是华夏文明中一簇璀璨夺目的烈焰之光。明朝历史的魅力在于每一代帝王、每一位记入史册的人物，都有着其异常鲜明的个性。悠长历史，百转千回，重大事件荡气回肠，史册中记载的人物数不胜数，或是名留青史之忠臣，或是遗臭万年之奸贼，但明朝史册中的人物，不论是正派还是反派，他们都在历史中留下了自己独特的性格宣言。也许人们在阅读明朝历史时会不解，为何这个人在这种情况下依然坚持自己所谓的原则，为何那个人能如此罪大恶极却仍不知悔改，这就是明朝的魅力，它有容乃大，载得住千姿百态的人物。对此，这些人用他们的实际行动，用他们坎坷壮丽的人生告诉了我们——按自己的方式度过一生！

世间变幻莫测，若是每件事情我们都要苦苦追问一句"为什么"，那必定无果。因为这波澜壮阔的历史用几百年几千年告诉我们，这些众生百思不得其解的问题的答案只能是短短两个字——我想。

因为这是我的人生，所以我愿意用我的方式去度过。

看完我笔下的简短概括，相信你已经隐隐感受到大明王朝波澜壮阔的历史。当然，我远远不如当年明月，我对明朝的学习是兴趣使然，如今也仅仅是知之皮毛，所以我接下来的叙述只是我所珍爱的大明王朝的数段历史，我将与你分享我的感悟与收获。同样，我更希望你可以加入我们，相约于未来，继续用心去感受大明风华，体会历史的魅力与厚重！

整个过程近三百年，说长不长，说短不短。正是这近三百年的波澜壮阔与夹杂其中的平淡不惊，给了我们一段鲜活的历史，给了我们无数站在历史舞台上的人格形象。

对于时间，没有人可以给出最公正的评论。世人都以为时间像一条平静流逝的大河，永远只向着前方奔流不息。但时间更像是在狂风暴雨中的大海。

或许在这一刻，你想知道我是谁。来吧，跟我来吧，希望你已平复好心态，跟随我的脚步，我们来真正地走进明朝，去探索那段过往的岁月！我会告诉你一个个故事，一段段你从未听说过的故事……

内容与感悟：时势造英雄

草根皇帝朱元璋

提到大明王朝，没有人会想不到草根皇帝朱元璋，他的生平履历精彩至极，不由得让人心生崇敬。他起义造反推翻元朝；他大杀外敌排除万难，创建大明王朝；他废除丞相权力，兢兢业业为子孙铺好皇位继承路；他创建锦衣卫，加强中央集权；他奉行"要么不做，要么做绝"；他严惩贪官污吏，波及斩杀数万人……他的一生坎坷精彩，辉煌励志，我不想流水账般叙述他的生平，于是我挑选了两个我对朱元璋最难忘的点，与大家一同学习。

我笔下的朱元璋或许不全面，但我相信能展露出他鲜明的性格！

何为英雄？

1382 年的一个夜晚，漆黑的夜空下突然红光满地，一座小庄子的一个陋室内突现异光，正当邻居以为房屋起火时，一声婴儿嘹亮的哭叫打破了夜晚的静谧。

那一夜，注定不凡！那一声，划破长空！

那个降生的婴儿，带着上天赋予的大任，将在华夏历史上留下浓墨重彩的一笔。

那个人，便是朱元璋！正是这个伴随异象诞生的婴儿，成了压倒元朝的最后一根稻草，开创了大明近三百年的荣耀！他的一生像传说中的凤凰涅槃一样，经历苦难，千锤百炼后，浴火重生！

世人多看到的是明太祖朱元璋的辉煌，可我们要坚信，没有一个英雄是一帆风顺的。创立一个王朝，开启一段荣耀，朱元璋不凡成就的背后必定是他坎坷的前半生。

朱元璋诞生时的元朝已经到了支离破碎的境地，蒙古官吏贪污，元朝昏君当道，百姓陷于水深火热中苦不堪言。在短短的一个四月里，朱元璋的家人相继饿死，这是一段多么悲惨的岁月。在这段暗淡无光的时光中，朱元璋对统治者的仇恨愈演愈烈。迫于生存的压力，朱元璋前往淮西讨饭，这一路他受到了无数人的冷眼与蔑视。如今摆在他面前的，是生命的尊严和生存的压力，在那腐朽元朝统治下的黑暗社会，无数人不得不向命运低头，可我们的主人公朱元璋，他注定会选择生命的尊严，于是他丢下了讨饭的饭碗，启程！

一般的桥段是，英雄到了此等境况便是勇敢反抗、揭竿而起，而我们的主人公却是在前往寺院敲钟的途中！多么接"地气"，但他注定不会一生敲钟！

三年后灭元起义军兴起，星星之火掀起燎原之势，大元的统治被撼动。也许这时你心里会将朱元璋塑造为一个"天生英雄"的形象，火速离开寺院投奔起义军，加入起义的队伍。这也是我们大多数人对"英雄"这个概念的理解。

很多人喜欢使用"天生英雄"这个词，我们曾坚信这些名留青史的人物从诞生的那一刻便注定是英雄，但事实是，这个世界上，从来没有，也绝对不会存在所谓"天生的"英雄！很多人还喜欢给英雄们冠以"无所畏惧"的赞颂，因为他们曾坚信"恐惧"根本不会出现在英雄们的字典里，这些英雄一路披荆斩棘，势必毫不畏惧，但事实上心中若没有最初的"恐惧"，他们根本不会成为英雄！

让我们以朱元璋为例，来正解所谓的"英雄"：作为一个正常人，在做出一个可能掉脑袋的决定（起义）时，是绝对不会如此轻率的，如果朱元璋真的是个如此鲁莽的人，不待时势便揭竿起义，那他就不是一个真正的英雄。真正的朱元璋是个有畏惧心的人，他遭受过极大的痛苦，对元朝有着刻骨的仇恨，但他也知道生命的可贵，一旦选择了起义，那就是走上了"单行道"，再也没有了回头路。

知道可能面对的困难与痛苦，在死亡的恐惧中不断挣扎，而依然能够坚定地战胜自己，选择这条道路，才是真正的勇气！一个心怀恐惧之情，但敢于战胜自己，最终不畏惧死亡的人，才是一个真实的英雄！

就像如今新冠肺炎疫情，那些奔赴一线的医护人员被称为"逆行英雄"，在可怕的病毒面前，他们又怎会没有恐惧？眸中溢满的泪水是他们对亲人的不舍、对家乡的留恋，口罩下藏着的却是他们坚定不移的信念！是的，他们最初肯定是怀有恐惧的，但他们从未退缩！他们的信念、他们的初心，他们的医者仁心，让他们勇敢地战胜了内心的恐惧！即使拼上自家的性命，以自己的血肉之躯挡在可怕的病毒面前，为身后那数以亿计的同胞筑起一道坚强的防护墙！他们面对的是死神一般的病毒，可他们早已将生死置之度外，这才是英雄！是中华民族的骄傲！他们站在那里，平凡却传奇，闪着令人动容的无限光芒！

朱元璋，也无愧于"英雄"的称号！

于是，战胜恐惧的朱元璋踏上了投奔起义军的路，此时的朱元璋强大到势不可当！只有不顾一切，你才能知晓自己的强大力量！朱元璋坚信：当黑暗长久笼罩大地时，光明一定会降世！而朱元璋的光明，就是他自己！他已经从一个只能无助看着自己父母死去的孩童，一个被人欺负后躲在柴堆里小声啜泣的杂役，变成了一个能坚强面对一切困难的战士！一个武装到心灵深处的战士！

朱元璋踏上了起义的路，在成功创建大明王朝那一刻之前，一切都是未知数，他唯一知道的便是，这条路绝无回头的机会：要么成为九五之尊！要么战败身死、身首异处！

他一路披荆斩棘，打败同为起义军的陈友谅、张士诚，一举推翻元朝统治。他驰骋沙场，在残酷的血光中一次次跌倒、一次次站起，经历过九死一生、遭遇过背信弃义、看遍了生离死别，经历了常人无法承受的磨难和痛苦，最终成功建立了大明王朝！

也许很多人会对历史规则这个词产生疑问，历史变幻莫测，朝代更迭频繁，世事无常，结果难测，又何谈规则？

如同自然规则一般，历史也有着它固定的规则，它不可改变，因为没有任何一人可以承受改变历史规则带来的严重后果，当然也包括朱元璋。

有人会认为朱元璋打破的历史规则是起义，建立大明。但其实不然，悠悠历史长河中，朝代的更迭变化其实才是真正的历史规则，没有可以一直存在的王朝，没有任何一个王朝会永久地延续它的辉煌传奇。因为每个朝代都会经历一个由盛转衰的转折，从此这个王朝将慢慢走向没落直至覆灭，这其中的历史规则就是：没有任何一种力量能一直处于巅峰状态，当一种力量达到顶峰盛世时，物极必反，它必将走向衰落，被另一种新生的力量所接替。或许这听起来很残忍，但这就是盛衰平衡，这就是阴阳转换，是历史规则。

元朝经历了疆域辽阔的辉煌，那时的蒙古骑兵骁勇善战，威名震天下，但在那段荣耀过后，迎接这个王朝的便是灭亡的必然命运。朱元璋起义灭元，实则正是顺应了历史强大的规则。大明王朝的创立，是偶然，更是必然！

真正对历史规则的亵渎和破坏，体现在朱元璋更改明朝的"职业分配制度"。朱元璋颁布了一系列法令，他所建立的是一个秩序严谨、等级分明、近乎僵化的社会体系：在这个体系中，农民只能种地，商人只能经商，官员按照规则做好自己分内的工作，无论谁都不能越界。所有人的职业几乎都是在出生的那一瞬间被决定的——爹干啥，儿子孙子就干啥。这是一个近乎完美的社会模型，所有人都各司其职，像无数条永不相交的平行线，一同组成强大的明帝国。这是朱元璋留给子孙的大礼——《大明律》，方法朱元璋都定了，后世子孙照做就行了。

这真是一份"大礼"！朱元璋的这次改革也为大明王朝走向灭亡埋下隐患。正是朱元璋自己创立的这种制度，将他一手打造的大明王朝一步步引向衰落，最终走向覆灭。

朱元璋这"模型"终归是模型，这不是发展和改进，而是大大违背了历史千百年来未曾动摇的强大规则。朱元璋为中央集权废除丞相制度，但明朝的内阁却比历史上任何丞相都专权；朱元璋严禁宦官干政，但明朝的宦官权倾朝野，死后留下万世骂名的不乏其人；朱元璋规定老百姓不得四处游动，但明朝中后期流民成风，丝毫不受规定束缚；朱元璋颁布重农抑商的法令，但中国历史上的工商业正是从明代开始萌芽。朱元璋曾以为能沿用千年的种种制度法令，却在短短二百多年间烟消云散，甚至成为明朝覆灭的主要原因。更让他想不到的是，它规定的东西似乎都在朝着他预期的反向发展！

横亘在朱元璋面前的似乎有个看不见的对手，强大到足以摧毁一切辉煌。朱元璋的一生有过很多厉害的对手，顽强的张士诚、凶狠的陈友谅、纠缠不清的北元人、狡猾的胡惟庸、骄横的蓝玉，这些人都是一代人杰，但最终都败在了朱元璋手下。直至他自己遇到了最后一个对手——历史规则。

在历史的进程中，朱元璋无疑是被命运之神挑中的胜利者，但无论他多么强大，在历史规则的眼中，朱元璋终其一生不过是一颗小小的棋子。

朱元璋是那个时代中最杰出的人，他有着卓越的政治手段、出色的军事天赋；他精力充沛，执政三十年，勤勤恳恳日夜操劳地处理政务；他天才加以勤奋，似乎是这个世界上无可撼动的强大力量。所以骄傲的朱元璋坚信自己能够操控一切、能够改变一切，即使是亘古未变的祖训也会被他无限度地改革，他想让历史按照他的指挥走下去。但，他错了，历史最终还是固执地按照自己的逻辑方式发展。在这场朱元璋同历史的博弈中，他自认为胜了一筹，但实际上大明王朝最终仍臣服于历史的规则下。

这让人不禁一次次陷入深思，因为我曾坚信伟人曾说过的"人定胜天"，也震撼于哪吒口中的"我命由我不由天"，而这些也一直作为我人生的信条，一次次支撑我度过重重困难和煎熬，它们助我披荆斩棘去追求梦想，我一介平凡之辈尚且实现了目标，当年如此强大的朱元璋又是为何败给了所谓的"历史规则"？我不断地纠结和思索，有一日，我看繁华灯火间往来的人群，人间烟火气息中每个向光生长的人时，瞬间恍然，原来我所坚信的"人定胜天"是指我们不认命，要去抗争、去坚定自己一生的信念，"人定胜天"的主体是我们每个人这个单独的个体，而朱元璋所想改变的是整个大明王朝的芸芸众生。历史规则从不阻碍我们每个个体去勇敢追求自己的人生赞歌，但它也绝不允许任何一个人去改变众生的使命与人生。

朱元璋，身为一代伟大帝王，可以影响少数人，或者是一部分人，更或者影响大多数人的暂时，但他永远无法影响多数人于永远。这是历史规则对每个个体最坚定的守护，是人权最纯粹的平等。

朱元璋只是历史的执行者，并不是历史的创造者。我崇拜尊敬朱元璋的勇气、坚定刚毅的气质，但我也清醒地知道，即使没有朱元璋，还会有张元璋、李元璋等其他人，来完成历史交予的使命——推翻旧王朝，建立新王朝。

历史是一位好客的主人，却从不容许任何客人取代它的地位。历史从来就不是一个人或者几个人可以支配创造的。那些英雄豪杰受人景仰，但是他们出现的前提是历史的使命和允许，所谓"时势造英雄"，才是至理名言。

那谁才是历史的创造者？又是谁支配着这些历史规则呢？

正如我前面所说的，那繁华灯火间的人群给了我答案：真正创造历史的是稻田里辛勤耕种的农民，是街市中流连辗转的商贾，是仕途朝堂上直言进谏的官员，是深夜孤灯下苦读奋进的学子。正是这些普通的人在创造和支配着历史。他们中的大多数注定默默无闻，甚至无法在历史上留下自己的名字，但他们却是伟大的，因为正是这些人勤奋地工作推动着历史的前行，他们才是历史真正的主人。

生命本就没有贵贱之分，人生也没有对比的必要。有些人，包括我，致力于选择那种滚烫的人生，历经千辛万苦去寻找远方属于自己的星辰大海，但更多的人愿意去尝试那平淡却知足的市井生活。安心地过好自己的一生，守护属于自己的幸福。

茫茫宇宙中，滚滚长河间，我们只是不约而同地去选择了自己所向往的生活方式。成功的人，要常怀谦卑感恩之心；平凡的人，要自信自己的伟大的历史职责，这便是平凡中最坚定的伟大。

感恩岁月中每一个奋力奔跑的无名之辈！

朱元璋的一生还有好多我未曾提及的光芒和事迹，如果你对这位历史上著名的草根皇帝感兴趣，那欢迎你去进一步详细阅读他的生平。但此刻，我们要结束与朱元璋的这段相遇，跟我所崇拜的这位伟大帝王来一场正式的告别吧！

从茅草屋的风雨到皇觉寺的孤灯，从滁州的刀光剑影到鄱阳湖的烽火连天，朱元璋从千军万马中奔驰而出，自尸山血海中站立起来。他经历过无数磨难，忍受过无数痛苦，他不惧所有权威，不怕任何敌人。他生于乱世，背负着父母双亡的痛苦，从赤贫起家，他没有背景、没有后台、没有依靠，他有的只是他自己的勇气，他的一切都是自己争取来的！他在一次次跌倒后站起来，九死一生，继续前行、继续战斗。在那个时代，他是最优秀的统帅，他是最伟大的皇帝，他是最杰出的人才！

我们不妨细细思索中国的历史，你会发现，朱元璋，是唯一一位！对，就是唯一（虽然刘邦起步与朱元璋相近，但至少刘邦起步时还是个"乡镇派出所所长"），唯一一位毫无背景而最终创建帝国盛世的皇帝！他赤手空拳，单枪匹马，凭借自己的勇气和决心建立了大明帝国，奠定了两百余年大明帝国的基础！

朱元璋，你是大明帝国的缔造者！而你所带给世人的除了大明盛世，还有你的精神——执着的信念，无畏的心灵，坚强的意志，这也是最强大的武器，可以战胜一切的力量！

我们大多数人都有着优于朱元璋的环境和条件，既然他可以做到的事，那我们为何不奋力一搏呢？像他一样，去创造我们自己人生中的风华盛世！

航海荣耀
——郑和

在这部荡气回肠的《明朝那些事儿》中，我一次又一次地被震撼到，但是郑和，是这部书中第一个让我为之落泪的人物。

郑和传奇的一生，大半漂泊在茫茫大海之上。如同其他探险家、航海家一样，郑和也有无数航海奇遇，若是细说，怕是要出一本"郑和航海那些事儿"才能道尽其中的奇妙风情。

郑和无疑也是一位伟大的人物，古往今来赞颂、纪念他的名篇、名句数不胜数，我自是无法与那些大家相比。我眼里的郑和，是他纯粹、坚守的一生，而我最想表达的是他带给我最大的震撼与感动，那便是郑和身上所承载的中华民族伟大气节！

先来谈谈你也许不知道的郑和吧！这部分内容对于某些人可能闻所未闻，但我在此保证，我所言，句句属实！

郑和，这个名字简洁有力，已经名留青史。但"郑和"一名乃是明成祖朱棣所赐，他有个通俗的姓名——马三保。

也许你想象不到，风光无限的"航海骄傲"郑和，曾有过悲惨的童年：当年朱元璋派蓝玉等人远征云南，而这也给家住云南的马三保带来了毕生的痛苦——作为战俘，他被迫接受了"阉割"之刑。那年他仅有十一岁，马三保承受着身心的痛苦，在这个本该无忧无虑嬉戏玩耍的年纪，却跟随明军出征。沙场刀枪无眼，环境恶劣更不必说，军营中的马三保没有任何依靠，他只能凭借顽强的毅力活下来。在结束了五年的颠沛流离后，马三保遇到了改变他命运的贵人——燕王朱棣。他一路跟随、陪伴、服侍朱棣，之后又帮助朱棣靖难成功。朱棣称帝后，为马三保封爵加官，并给予他更高的荣誉——赐"郑"姓。

当所有人以为郑和的一生将会在高官厚禄中安然度过时，殊不知更大的荣耀正在茫茫大海上等待着他。

郑和从小便听父亲讲起年轻时航海的经历，耳濡目染，热爱航海的种子便在小郑和的心底埋下，并在不久的将来生根发芽！

你所认为历史上著名的"郑和七下西洋"的原因是什么？肯定是宣扬我大明国威，抑或是友好外交、结交盟友？有史家认为，实际上，朱棣派郑和下西洋的初因是——寻找大火中失踪的明惠宗朱允炆。当年朱棣靖难成功，明惠宗朱允炆在宫中大火后消失，结果活不见人、死不见尸。朱棣便秘密派遣两个人分别从陆路和海路出发，秘密寻找他，其中一人便是郑和。所以"郑和七下西洋"的佳话实则是偶然的意外收获！

此远航初因是寻找建文帝，但也同样具有宣扬国威的效果。明成祖朱棣统治下的大明王朝，进入了一个空前盛世。国家强盛，万国景仰！锋芒自有毕现之日，强盛于东方之大国的光辉自是无法掩盖，当它的先进和文明为世界所公认之时，威服四海的时刻自然也就到来了！

郑和船队即刻启程！

当时，郑和的船舰强大到可以称之为明代的"航空母舰"群，舰队上将军、士卒两万七千余人，这样的阵容很难让人信服是为了寻人和外交，更像是要滋事打仗，但我们不得不佩服朱棣的智慧，因为他坚定地将此项重任交给郑和；我们不得不崇敬郑和，因为他真正恪守了和平友好的信条，展现了大明王朝的正派国威，更传承着中华民族伟大的民族气节。

我这番感慨，要从一则具有代表性的故事说起，也正是因为这则故事，让我激动得热泪盈眶。

当郑和的舰队到达爪哇岛时，正逢该国内西王东王两王内战，西王军队打败了东王，却也误杀了郑和船队中的一百七十余名将士，为此大明船队的士兵愤怒不已，要求一举荡平西王军队，西王听闻惶恐不安，因为当时荡平该岛对明军来说毫不费力。其实纵观整个事件，士兵想要报仇雪恨也是情理之中，毕竟船队一百七十余名将士失去了生命，复仇也是显而易见的必胜。

而这时，沉默的郑和看着一个个义愤填膺、跃跃欲试的将士，说道："我们不能开战，因为我们负有更大的使命——和平使命。如果开战，势必偏离了此番下西洋的原意，也会使沿途各国怀疑他们此番远航的来意。"

郑和实在是个了不起的人物，他在手握重兵的情况下能够保持清醒的头脑，克制自己的愤怒，以大局为重，这是何等的忍耐力？郑和的行为绝不是懦弱，而是明智，因为郑和坚持的是"以和为贵"的和平信念，守护的是中华民族的宽容气节。

正是郑和的深明大义，坚持友好和平的外交信念，收获了西洋各国对于大明朝的崇敬，相继与明朝建立良好的外交关系，郑和也为大明王朝带回了各种奇珍异兽、各地特产等。

那一日，郑和到达此次远航的终点——古里，同当地居民一起建立碑亭，刻下一座和平的里程碑："其国去中国十万余里，民物咸若，熙皞同风，刻石于兹，永昭万世。"

郑和代表着大明，一次次以自己的文明与宽容，从心底里征服了西洋诸国。

郑和的船队带来的是丰富的贸易品和援助品，虽然他们兵力充沛、实力雄厚，但却从未主动攻击过谁，从不仗势欺人、无事生非。西洋各国的人们，无论人种、无论贫富，都能从这些陌生人的脸上看到无比真诚的笑容，在他们的心中，大明王朝的中国人是"友善的给予者"。

古里，是郑和最初也是最后到达的地方。他曾意气风发地刻下溢满和平友好之情的碑文。六十多年后，一支由达·伽马率领的舰队同样来到了古里这片土地上。不同于郑和的友好外交，这些葡萄牙人在上岸后的第一件事就是四处寻找宝藏，他们进行掠夺并占领主权，在别人的土地上树立起象征葡萄牙主权的标志。

对比中国大明的和平外交，西方探险家们在经历最初的惊奇后，很快就发现了这些国家有着巨大的财富却没有强大的军队，于是他们采取各种暴力手段抢夺本属于当地人的财富，甚至占领他们的家园土地。西洋各国的人们，无论人种、无论贫富，都能从入侵者的脸上看到无比贪婪的邪恶，在他们的心中，这群西方探险家实际上就是"邪恶的掠夺者"。

达·伽马这群挂着冒险家头衔的殖民者永远不会知道，早在六十多年前，有一个叫郑和的人率领着大明国的庞大船队，来到过古里这块地方，并树立了一座丰碑——一座代表和平与友好的丰碑。

蛮横的政府是不可能稳固的。"以德服人"，这绝对不是一句玩笑话，武力可以成为解决问题的后盾，但绝对不能解决所有问题。

当时，世界上最强大的大明朝在拥有压倒性军事优势的情况下，能够平等对待那些小国，并尊重他们的主权和领土完整，给予而不是抢掠，这无疑是一种伟大的精神。它不是武力的征服者，却用自己友好的行动征服了航海沿途几乎所有的国家。我坚信，这样的征服是内心深处的肯定，是真正的征服。

在我儿时的印象中，依稀记得听说过"郑和七下西洋"，但是如今，这是我第一次去详细阅读、去了解立体的郑和，走进他远航外交的众多故事。

故事的开始，我以为郑和的经历定是宣扬国威，是一场轻松而令人满足的航行，直至读到故事的结尾，我才深刻地意识到郑和下西洋的意义远远不只大明的强盛，他身上那股强大的忍耐力、原则性让我深深为之动容，他所承载的正是中华民族亘古不变的民族气节！

纵观悠悠历史，中华民族曾受尽屈辱蹂躏，曾坠入谷底，但终于绝地反击，涅槃重生，不论怎样的逆境、如何的仇恨，中华民族都未曾侵略过任何国家或向对方主动宣战。

郑和对于我，一是，给了我人生道路上的启发：有着强大正确原则性的人，注定不凡！

郑和拥有一切宣战的权力和资本，但是他坚定恪守和平的准则，在历史上留下的不仅是沟通西洋的功绩，更是他闪耀不凡的人格魅力！

二是，走进郑和生平事迹的那一刻，我收获了真真切切的民族自豪感！这是一种令人热泪盈眶，足以让人一生引以为傲的民族气节！"以和为贵，以德服人"贯穿于整个中国历史并一直延续至今，如此难得的品质也让中华民族收获着无数国家的肯定与友好！

中国值得！世界值得！

因为任何一个以和平为原则的国家都是国际舞台上的一束暖光，它从不刺眼，但却缓缓地将温暖与美好注入世界的每个角落。我想，我身后的是如此强大和优秀的民族，我又有什么理由去斤斤计较生活中的琐事？又有什么理由虚度光阴？这份国家给予我的骄傲感，我定会在未来回报祖国一份同样光芒万丈的荣誉！

请永远不要低估和平的力量！

请永远不要忽视中国最强大的"武器"——民族气节！要知道，每一个国家都会有世代传承的民族精神，但并不是每个民族每个国家都拥有民族气节！

强而不欺，威而不霸！

郑和身上所体现出的民族气节，让我们无比骄傲，我们势必要带着这份气节坚定骄傲地继续前行！但是，郑和的船队却再也没能够继续前行……

人固有一死，或重于泰山，或轻于鸿毛，郑和将自己的生命奉献给航海，奉献给大明王朝的和平事业，他的离世无疑是"重于泰山"。来吧，让我们擦干眼泪，微笑着跟郑和道一句再见！

郑和是一个有信仰的人，而他最终也成了很多人的信仰。

从幸福的幼年到苦难的童年，再到风云变幻的成年，如今他已是一位风烛残年的老者，经历残酷的战场厮杀、尔虞我诈的权谋诡计，还有那浩瀚大海上的风风雨雨、惊涛骇浪，无数次的考验和折磨，他，郑和，都一次次坚定隐忍，挺了过来！

他历经坎坷，九死一生，终于实现了这一中国历史上乃至世界历史上的伟大壮举，他率领庞大的船队七下西洋，促进了大明王朝和东南亚国家的和平交流，并向他们展示了一个强大帝国的文明和一个东方国家的不朽气节！他留下的是一段传奇，是一段大明王朝的海上传奇，更是中国永世的传奇！

心愿终于达成了，使命也圆满完成了，是时候启程归航了。

那一日，郑和站在舰船的甲板上，望着辽阔无垠的汪洋大海，这是他倾注了几乎一生的地方。波涛翻滚、海天一色，这片汪洋，更像是他的朋友，为他带来了无数赞誉，为大明王朝带来了无上荣耀，郑和从未妄图征服大海，他只是从一而终地热爱这波澜壮阔的航海事业！

当船队到达古里这个郑和第一次远航的终点时，他的生命也走到了尽头。伟大的郑和，强撑孱弱苍老的身躯，最终来到了这个他荣耀开始的地方。病榻上的他早已无法行动，他未能亲自下船去问候那群熟悉的古里人民。

闭上双眼的那一刻，他笑了，泪落之际，恍惚间，他的眼前浮现出了他波澜壮阔的一生，终是未负君王，未负大明帝国……

凭着最后那丝气力，郑和仿佛看到了五十年前那个意气风发的少年，对着苍穹大地，望着浩瀚汪洋，畅快地呐喊着，"其国去中国十万余里，民物咸若，熙皞同风，刻石于兹，永昭万世"，铿锵有力！

那一瞬间，万籁俱寂，天地间似乎仅存波涛汹涌，深情而庄重地告别着这位航海英雄。

我深深记得，在最近的历史剧《大唐荣耀》中，任嘉伦饰演的广平王李俶在战场上呐喊："誓死捍卫我大唐荣耀！"而如今，我坚信郑和倾其一生诠释了他的夙愿追求："永世守护我大明盛世！"守护大明王朝的盛世，是郑和当之无愧的荣耀！

那一夜，我也曾梦到百万舰船，荣耀盛世。那一夜，我依稀看到，那个白发苍苍的耄耋老人，见到了赋予他荣誉使命的明成祖，他们之间再没有繁缛的礼节，而是在明成祖欣慰的泪眼中，郑和再次站上舰船，起航前行！我相信，在平行时空，定会有无数黎民百姓看到那个意气风发的少年郎，满身荣光，驶向汪洋的尽头……

郑和之后，再无郑和。

传奇帝王朱棣
——燕王，少年郎

按照历史的时间顺序，朱棣本应放在朱元璋之后介绍，但俗话说"精彩的总在最后"。朱棣的一生虽无愧于"传奇"一词，但在大明王朝众多英雄豪杰中，他的生平也许称不上是最精彩的。我将他放于最后介绍只有很纯粹的私人原因——朱棣，是我无法释怀的"意难平"。

朱棣乃明朝第三个皇帝，是中国历史上为数不多的公认的伟大皇帝之一，被世人称为"传奇帝王"。他精力充沛，日理万机；他爱护黎民，关心百姓疾苦；他减赋薄役，实行休养生息政策。在他的统治下，明朝迎来盛世。

大量开垦荒地，使人民生活水平提高，仓库里钱粮充足。经济、科技、文化迅猛发展……他竭力打造出了一个真正的太平盛世。而他的伟大之处远远不止于此，最重要的是，面对无数件其他皇帝没有能力去做甚至根本不敢去尝试的事情，他朱棣全部都做得漂亮。他勇敢坚毅地下达迁都号令，动荡势力中天子坐镇守卫大明北疆，开创北京延续至今的繁荣昌盛；他委任解缙等人修成传世之作《永乐大典》，赞誉万千，是公认的中国文化史上金字塔般的存在；他派遣郑和下西洋，完成中华历史上前无古人后鲜有来者的伟大航海外交，宣扬国威，同时也为中华带回万千荣耀；他亲征剿灭瓦剌的战役，金戈铁马，驰骋沙场，彻底扫清元军残余势力，使其甘愿为明朝贡；他精通军器、晓畅军事，创建了一套强大威风的战斗系统。

平定天下、迁都北京、修成大典、沟通南洋、威震四海、平定安南等，朱棣不愧为一代英主。

可朱棣永远无法改变的是，他人生中的最大污点——"谋反篡位"。这位传奇帝王一生都背负着"反贼"的骂名。

朱元璋的爱妻马皇后为他生下朱标，子凭母贵，朱标深受朱元璋器重，奈何朱标英年早逝，朱元璋便将偏爱进行到底，略过几个儿子，直接立朱标之子，也就是自己的孙子——朱允炆为接班人。朱棣以"靖难"为名，踏上了谋反篡位之路，最后成功登帝位。然而明惠帝朱允炆却在皇宫大火中失踪，从此杳无音信。于是朱棣秘密派人分别通过陆路（胡荧）和海路（郑和）到处搜寻朱允炆的踪迹。

也许很多人不解，既然朱棣已如愿登上皇位，而明惠帝也失去音信，皆大欢喜之事，他又何必苦苦寻找明惠帝的踪影？有人可能会不以为然地说，他当然是害怕朱允炆日后突然出现危及其皇位。这是情理之中的答案，这是多数人的看法，但是这绝不是我眼中的朱棣。我心目中的朱棣，天生不是造反的人，他继位后的每一天，都默默隐忍着内心的愧疚与罪恶感。

大明朱棣不同于大唐李世民，尽管他们的皇位都是靠"谋篡"而得。唐朝的李世民深得父皇李渊的宠爱，他享受了太平盛世和富贵皇家的宠爱，但朱棣从来没有过这些：朱棣诞生在战火纷飞之际，那时的朱元璋一心覆灭元朝，将仅剩的宠爱与精力都倾注在了朱标身上。只因为朱标的母亲马氏是他的结发之妻。当朱标在远离战场的屋宅中无忧成长时，从未被父亲过多关爱的朱棣却在残酷的军营中与冰冷的剑戟共眠，同可怕的战场与元军铁骑进行生死的博弈。

大明帝国建立之后，太子朱标深受器重，在宫廷学堂中有数位名师辅导，吟诗作对，学习治国之术，而燕王朱棣独镇北疆，在刀枪剑戟中踏过尸山血海。这大明开国盛世，朱棣出生入死，贡献巨大，他又怎会不值得拥有帝位？唐朝的李世民心念皇权，率先动手杀死亲兄，但朱棣同样作为世人口中的"反贼"，即使当时深陷于父亲立孙为帝的惆怅，他起初也从未想过造反，那个坚强纯粹的少年郎，曾只想镇守北疆守卫大明王朝。是身边谋臣的一再怂恿，是朱允炆昭告天下要铲除燕王朱棣，于是，朱棣不得已率大军"靖难"出师！

我看到的朱棣，是那个本无意冒犯皇位的少年郎，是那个篡位路上步履踌躇、迫不得已的大明燕王。他不同于任何人，他是独一无二的朱棣！

明成祖朱棣，即位登基。

登上皇位的朱棣，实际上根本无须担心朱允炆的下落，因为公示已布天下：明惠帝朱允炆已逝。如果日后失踪的朱允炆再度出现，朱棣大可指认他是"冒牌"货，随即以欺君之罪将其斩首示众。内阁们的口诏早已绝了朱允炆之患。可朱棣仍是北疆那个纯粹的少年郎，他清楚自己谋反得来的皇位不稳，他风光的皇权下是内心深处无法释怀的愧疚与罪恶感。他不同于其他篡位的皇帝，没有那般释然的心。

朱元璋对他的敷衍，在朱棣心中埋下了自卑的种子，朱棣终其一生无法坦然接受这份皇威。只是他隐藏得太深，他将自己的惆怅深深掩埋在万丈光芒下，无人知晓，也无人问津。直至生命的尽头，在得知朱允炆健在安好时，他才获得了灵魂上真正的解脱，只是生命对他过于残忍，这份赎罪感来得有些迟了……

朱棣的一生，除了姚广孝，没有什么朋友。姚广孝这个"乱世之臣"，在帮助朱棣夺得皇位后，拒绝了一切财富封爵的奖赏，孤身回到曾经做和尚的寺庙。因为他一展抱负助朱棣篡位，落得众叛亲离的下场，他将自己封闭在小小的破旧寺庙里，将自己禁锢在怅然愧疚中，郁郁寡欢。朱棣的一生，孤独而隐忍，没有人参透他内心那份折磨他一生的"罪孽深重"之感。他是万众瞩目的帝王，世人都羡他一生享尽荣华富贵，得以国泰民安的美名，但我想，作为大明王朝的传奇帝王，治国安邦是他的责任与追求，而他作为朱棣本人，真正想要的其实是灵魂的救赎。

即使为王，可他的心中却有着世人想象不到的自卑与愧疚，他不如明太祖朱元璋的创世伟大，他不如明惠帝朱允炆即位的名正言顺，在世人眼中，他就是个谋乱篡位的反贼皇帝。朱棣政绩辉煌，为国为民，一是责任，二是正名。他终其一生创下的盛世，便是想为自己正名，可他其实从一开始便知道，不论做什么都无法改变篡位的事实。这就是朱棣最让我心疼的地方，他终其一生都在追寻那个注定不可能的结果，但那却是他穷尽一切想实现的梦。

在所有的史册记载中，对朱棣的评价都是：他不是一个好臣子，却是一个好皇帝、好父亲。朱棣篡位夺权，称不上忠诚臣子，但是他一生政绩辉煌，为明王朝屡次亲征元朝余孽，是当之无愧的好皇帝和好父亲。

虽然朱棣扮演着多重角色，但并不是每一个角色都成功。正如在成长道路上踽踽独行的我们。人的一生中，势必会面临万千挑战，而我们也会陆续扮演不同的角色，平衡好这所有的角色，绝对是一件不可能的事情。就像"人们永远追求完美一样"，"人无完人"才是真正的现实。

因为不可能，我们便止步不前吗？当然不是。这个时候，我们一定要静下心来，扪心自问，我们到底想要成为什么样的人，成就怎样的一番事业。燕王朱棣，在千秋大业和平淡一生中，选择了夺权称帝，于是他便独自忍下"千秋大业"这条道路上所遇到的一切质疑和骂名，他孤独、他愧疚，但是他仍隐忍一生，因为他在"好皇帝"和"好臣子"之间选择了前者，他享受了九五之尊的威风，就要忍得了反贼乱纪的骂名。

但我们要相信，即使我们做出选择后要承受一定的苦难与委屈，但我们终会遇到理解自己的人，他会为你的生命注入温暖，他会抚平你被生活撕裂的伤口，不管多晚、多久，这个人一定会出现。就像当年的朱棣，虽孤独，但仍有姚广孝，就像如今我将他视为我的"意难平"，坚信他仍存有此间少年的意气风发。

永乐二十二年，元月，朱棣亲征元军残余势力瓦剌，他拖着孱弱的身躯，只想着再为子孙后代多扫除一个障碍。

六月，未寻见瓦剌首领阿鲁台，下令班师。

兵到榆木川（确切位置有争议），病逝军营，时年六十五岁。

生于战火，死于征途。

六十四年前，在战火硝烟中诞生的那个婴孩，经历了无数风波与坎坷，终于在征途中找到了自己的归宿，获得了永世的安宁。

可能，如此这般的传奇人物，上天深知众生看惯了他们意气风发的豪迈，不忍众人目睹他们垂垂老矣，在病榻上无力逝去的情景。于是，便让朱棣离世于征途中，终结在他一生辉煌开始的地方。

你说，朱棣离世的那晚，他在军营中想什么？

从即位起，便背负着对明惠帝的愧疚，自责不已，一生政绩辉煌，可这一生，他太累了。谋反篡位得来的皇权，他内心又何尝没有不安与罪恶感，他至此一生背负"反贼"的骂名，勤勤恳恳不敢停歇，他承受着其他帝王不需承受的痛苦，忍受着常人无法理解的压力，他需要做到极致、坚持到最后，然后释怀自己心中的"罪孽"。

那一夜，他定是回想着自己的一生，一生看尽战场无情，血流成河，横尸遍野；一生参透悲欢离合，受尽孤独，终于解了明惠帝这桩心事，终是打造了这一派太平盛世。他脑海中定满是百姓的安宁，边疆的安定，这一生，他无愧于天下，可他却从未真正善待过自己。

他想，这一生，得此、至此，足矣。他太累了，孱弱的身体再撑不起他为大明的安定而亲征，但他的心中只有大明王朝，对自己，他终究还是亏欠了。朱棣缓缓闭上眼……

朱棣，好好休息吧，你放心，你的天下，安好，不必再匆忙赶路了。你终其一生捍卫大明荣耀，这一次，也该好好待自己了。

大明风华故事的最后

当清军攻进北京时，大明灭亡已成定局，崇祯皇帝上吊身亡。崇祯帝最后也如愿维护住了大明最后的尊严，而且朝代更迭本是历史规则，因为没有任何一个朝代会永居巅峰，所以即使我热爱大明王朝，我也只能坦然接受这个王朝的覆灭。

整个大明王朝都是我心头的白月光，但唯有朱棣是我心中的"意难平"，而且是无法释怀的"意难平"。朱棣的前半生在尸山血海的悲凄冷漠中徘徊惆怅，后半生背负着孤独的罪恶感隐忍、挣扎。

如果说中华民族上下五千年的历史中，我对明朝是热爱，那千年辗转间的无数人物，我对朱棣就是偏爱。

有人说："世间万般皆辛苦，唯有明目张胆的偏爱才是救赎。"我知道我对于朱棣的偏爱根本无法平息他一生承受的煎熬、痛苦，但我只是想让他知道，在他逝去的五百九十六年后，有一个十七岁的女孩儿，在一片对他"违反篡位"的质疑声中，坚定而义无反顾地支持他、信任他，心无杂念地崇拜他、心疼他，并将他视作自己余生的"意难平"。

如果真的能拥有穿越的机会，我只想去往明朝，紧紧拥抱那个在质疑中坚忍治国的朱棣，告诉他："你是一位传奇帝王，不要自责，继续骄傲地走下去！"

他本桀骜少年郎，岁月流逝，光阴流转，褪下一代帝王的荣光，他挺立在大明北疆的战场上，神勇豪杰，誓死捍卫大明风华！

至此一生，梦回间，他卸下沉重的盔甲；恍惚间，他仍是那个意气风发的燕王，仍是鲜衣怒马少年郎。

《明朝那些事儿》丛书在徐霞客最后说出"一介平民，游历天下，虽死，无憾"后倒下的那一刻，彻底结局。

大明王朝传承的精神仍世代相传，延续至今，它在历史的行进中坚忍地逆流而上，不断鼓舞、激励着无数前行的人，以及所谓的英雄们。而如今它走到了当下的太平盛世，大明精神仍保持着本色与初心，再次以如雷贯耳的声音在华夏大地之上发出承载百千沧桑的呐喊——

生有骨气，追求和平！

结语：且行且坚定

合卷沉思。这一刻，让我们暂且告别荡气回肠的大明王朝，我邀请你，走进我的内心世界，去看看这部书所带给一个十七岁女孩的震撼与信念。这将是一段探究我心灵深处的旅程，请做好准备，同时衷心希望你不虚此行！

流连在初春的杨柳林间，感受着和煦春风的吹拂，乍看枝条抽新芽，你可曾遐想过自己前世的人生经历？

奔跑于盛夏的荷花池畔，嬉笑打闹间，初嗅荷藕清香，你可曾幻想过古时的风花雪月？

漫步在深秋的落叶纷飞间，瞥见枝头飘零，仰望群雁振翅齐飞，你可曾沉醉于沙场的金戈铁马？

伫立在隆冬的皑皑白雪间，独享天地静谧，遥望残枝败叶，你可曾体味过世代王朝的盛衰更迭？

在读《明朝那些事儿》之前，我从未想过自己会对历史产生如此浓厚的兴趣。书中的故事精彩，书中的人物更加丰满独特，而我只是擅用自己的观点去解读我心目中的朱元璋、郑和和朱棣。

那日，我合上第二卷，站在窗边放空自己，那一刻，我突然感受到一种前所未有的奇妙感觉，几个问题冲进我的脑海：我脚下的这片土地在几百年前是什么样的？我居住的这座小城，它曾经经历了怎样的故事……这一切的一切，都没有办法得到一个具体、真切的答案，而这正是历史的魅力，因为记录得断断续续，让它蒙上了一层神秘的雾纱。而如今，我们则可以根据一定的史料，去尽情幻想她曾经的过往，在岁月中穿梭，思绪毫无束缚。同时，那一刻，一个强大的信念也涌上了我的心头：不论我脚下这片土地见证过怎样的悲欢离合，它都是中华民族世代艰苦守护的家园、誓死捍卫的领土。那一刻，我体会到了所谓的历史厚重感。

这片天地间，曾经历过无数波澜壮阔，曾见证过万千盛衰荣辱，而我们如今站在这里，双脚实实在在地踏着这片土地，那一瞬间，我们都像是被岁月守护的宝藏。我们踏的是太平盛世，而这正是岁月更迭给我们的喜乐荣光。当你失意绝望的时候，环视一周这天地间，你要相信，这是无数王朝誓死捍卫的天地，如今你有幸参与其中，不是为了惆怅放弃，而是要如同时光深处的他们一样，去谱写自己波澜壮阔的一生！

不论你遭遇怎样的困境，你要记住你还有自己，那个最强大的自己。你要相信数百年前就在你脚踏的这方天地间，定有一个如你一般的人在过往的那段岁月中经历了同你相似的失败、磨难。如果那时的他挺了过来，那你也要坚定前行，去实现同他一样的壮志；如果那时的他被迫放弃了，那你定要咬牙坚持，去替他也是为你自己找到属于你们的荣光！

终有一天，你们会在时间坐标的某一处相遇，你会为他欣喜，他也会为你骄傲。人生在世，你有千万种理由奋力前行，而历史，则是给予你最真挚厚重的那一个。

真正的历史从来不是在枯燥的时间轴上罗列冰冷的人与物，它需要我们真正地用心去感受，真正地整装去探索。历史就像是个有容乃大的母亲，她欢迎任何人来走近她、了解她，在她的身上、在她的经历中，找到破译自己人生大道的密码。

"读史明志"，这肯定不是一句戏言。历史是一部倾尽一生也无法读完的书，每一次阅读，都会据你心境的不同而产生异样的体会、感受。但每一次用心，必定满载而归。

江山代有才人出，唯有时势造英雄。大明王朝二百七十六年的历史，人才辈出，我们于书中读到的，只不过是凤毛麟角。我们有幸了解到的这些朝堂之上的正直言官，抑或是战场上奋勇杀敌的武将，他们都有一个共同的名字，那便是——英雄！

读《明朝那些事儿》这样的历史读物，最大的感受无疑是深入心底甚至直击灵魂的震撼！

朱元璋、朱棣、朱瞻基，这些伟大帝王有着常人无法企及的魄力与雄心壮志！

郑和、于谦、张居正、王阳明、戚继光，还有那些我未能提及的人，他们都有着令人敬佩的坚毅与信念！

正是这群特立独行的英雄，创造了荣耀的大明风华。他们名留青史，在他们的惊世传奇的衬托下，我们似乎显得渺小至极。

但不要忘记我曾说过，真正创造历史的是那些默默奉献的芸芸众生。面对古人的传奇一生，我们绝不可以望而却步，而是要拼尽全力去像他们一样，在悠闲的时光中勇敢地去开创属于自己的佳话！既然选择了滚烫的人生，那我们必定一路向前！

历史更迭，世事无常，没有人能预测未来。我终于开始理解毛主席为何能读那么多历史书籍。读通历史，才能产生敬畏，才能更好地思考一个国家如何才能更好更长久地走下去！中华文明上下五千年的历史长河中，王朝更迭也只是司空见惯的事情，没有一个王朝能一直处于巅峰而不倒，但历史的奇妙之处便在于我们清楚知道终会有走向衰败的那一天，而我们却根本不知道是哪一天。所以我们就要一直以热忱饱满的态度去延续当今的盛世繁荣，奔赴一场山海，共守一段荣耀！

即将成年的我，早已不再是住在象牙塔里的小姑娘，我开始接受这个世界的不完美。《明朝那些事儿》则促进了这种转变的完成。它虽然是在说史，但是更多的是在讲历史故事中的人——一个个充满感情的，人性光辉和弱点同时闪闪发光的人。

我们站在蓝天下，沐浴着阳光，但是身后是影子。世界从来不独是由鲜花和掌声构成的，我们要清醒地认识到这个世界的不美好，然后终其一生与之抗争，并奋力前行，去成为这个世界的美好。

《明朝那些事儿》重新开启了我尘封许久的文学梦，我曾因为世俗眼光舍弃文学的荣光。但回首这短暂又漫长的十七载岁月，我唯一坚持了下来的便是写作！这部书给了我一个深思熟虑的契机，我不能去选择随大溜而度过浑浑噩噩的一生，而是应该去完成属于我的星河璀璨！

朱元璋一代草根，尚能揭竿起义一手建立大明王朝；郑和童年悲苦却能成就大明荣耀；解缙仕途辗转终修著文化巨著《永乐大典》；杨士奇屡赌性命却坚守正直本色；杨溥即使受尽牢狱之灾也未忘初心；于谦大起大落却力挽狂澜，拯救大明于水火……历史上无数的英雄人物都在用他们的一生来传承不朽的精神与气节，而我又怎能甘为等闲之辈？

鲁迅先生曾弃医从文，因为战火纷飞的革命年代需要鲁迅先生醍醐灌顶的警醒世言。而我坚信，如今的我们要勇敢地站出来去守护这个世界的美好与真情！

就像当年西汉名将陈汤上书元帝，热泪盈眶地说："明犯强汉者，虽远必诛！"

就像当年广平王李俶一身戎装，振臂高呼："誓死捍卫我大唐荣耀！"

就像当年兵部尚书于谦目光坚毅，视死如归："凡守城将士，英勇杀敌，战端一开，即为死战之时！"

既然选择了远方，便不顾风雨兼程！既然选择了滚烫的人生，那便坚守梦想和初心不断前行！

前方，是星辰大海！远方，是梦与璀璨！

满腔热勇，共筑中国梦

中华少年，凭满腔热勇、万千努力，万众一心共筑中国之梦。

——题记

英雄不老，国魂不灭

阳光穿过叶间缝隙，在杉树林下映出阴影；清风掠过沧桑的枝干，在柏树间回荡铿锵的声响。身影出现在纪念馆一侧，惊动栖息的鸟儿振翅惊叫，我们的脚步踏上前行的道路，发出掷地有声的音符，我们心中尽是满腔热血情，追随飘扬的国旗激荡热情，目光坚定，继续前行。

何为爱国？

简单的两个字，包含着多少酸楚，经历过多少曲折，英雄知道，历史知晓。

南宋文天祥宁死不屈，留下"人生自古谁无死，留取丹心照汗青"的千古名句。面对元兵的威逼，面对元帝的利诱，面对归降便可享受荣华富贵，他不为所动，断头台上无所惧，青史留下《正气歌》。

清末邓世昌死于甲午海战，生前留下"今死于海，义也，何求生为"的豪言。在日军强大炮火装备的进攻下，邓世昌让"致远舰"去撞击敌

肯尼亚地狱之门国家公园

　　既然选择了远方，便不顾风雨兼程！既然选择
了滚烫的人生，那便坚守梦想和初心不断前行！

舰，做殊死一搏，同归于尽。船沉入海后，他的爱犬"太阳"衔住他的手臂企图救他。邓世昌坚决地推开爱犬，与落水官兵一同殉国。

民国义士陈天华，听闻沙俄入侵，激愤难平，当即咬破手指，以血指写血书不知停歇。因失血过多晕倒，醒来后执意将血书寄回祖国，爱国之心感动世人。

何为爱国？

简单二字重于泰山，蕴含着多少血雨腥风，承受着多少牺牲奉献，烈士知道，历史知晓。

日寇发动七七事变，爱国将领佟麟阁英勇杀敌，留下"战死者荣，偷生者辱"的豪言。为国捐躯，死在敌人的枪林弹雨下。

少帅张学良，国难当头时刻，断然采取措施，为救国大业，为民族存亡，毅然发动"西安事变"，促成抗日民族统一战线。

杨靖宇将军在冰天雪地、弹尽粮绝的情况下，孤身一人与大量日寇周旋，战斗几个昼夜后壮烈牺牲。死后被剖开肚子，胃里是杂草树皮和棉絮，看得日本人心惊胆战。

英雄，不会"老去"，他们的光辉时刻照耀祖国，让祖国永远年轻。

英雄精神是天下兴亡、匹夫有责的爱国精神；是视死如归、血战到底的英雄气概；是宁死不屈、百折不挠的民族气节。作为中华少年的我们，要继承弘扬爱国精神。

是英雄，用行动告诉了我们什么叫爱国；是英雄，用生命告诉了我们什么叫为祖国付出，为祖国奉献，为祖国甘愿献出一切。

国泰民安，感恩骄傲

安全感，一个常被提起而实则模糊不清的词。何为安全感？作为一名学生，取得良好的学习成绩，收获的喜悦是一种简单的安全感；我热爱文学，每当我写完一篇小说时，这种为了热爱而努力奋斗的过程，也是一种踏实的安全感；作为一名子女，看到父母的笑容，听到父母的笑声，又何尝不是一种令人满足的安全感。作为一个中国人，我们正享受着全世界都羡慕的安全感，那便是强大的祖国给予我们的最大安全感。

也许有人担忧农村的留守儿童，同情贫困山区的空巢老人，虽然我们的国家尚有不足，但这不是抱怨的理由。

记得第一次去非洲，在进城的那一段路上我们频繁被要求接受检查，接受搜身和盘问。感觉到被冒犯的我们很不满意，当时我们的非洲领队，曾深深地向我们鞠躬、致歉："我们非洲人民，生于贫穷，长于恐惧，不像中国，我们没有可靠的政府和强大的祖国来保护，所以只能用这种最直接的方法来排除危险，我们真的只想活着，我们真的被吓怕了。"那时我第一次认识到，人民的贫穷不可怕，但当一个国家无力保护人民时，那才是最可怕的事情。

我还记得，在高中堂课上，已经六十七岁的伊拉克外教，像个孩子一样哭着对我们说："我好想念我的祖国，我已经四十年没有回家了！但我没有勇气回去，面对那片废墟和流离失所的同胞……"我永远忘不了他那句话，"你们是中国公民，而我是伊拉克难民"！谁能理解他苦笑背后的酸楚和悲痛。因为他的祖国爆发内战，他五岁的女儿被炸离世，他恨自己和国家的无能为力。

在这并不太平的世界，我们拥有一份和平，我们有这种强大的安全感，又怎么还能奢求过多？国家的安全感，使我们在任何苦难面前都能重拾信心，不必担心个人的安危、不用担心国破家亡。因为我们相信，我们有一个时刻保护我们的祖国！有国家给的安全感，作为中国人的我们，在何时何地都能自信地说出："世界那么大，我想出去看看。家里这么好，我随时都可以回来。"

"风筝为何飞得那么高，那是因为地上有人蹒跚跑步"，我们要感谢生命里为我们负重前行的人。

爱祖国，爱人民，是青年人的责任，更是我们的职责。中华少年要做的，是感恩我们的祖国，感恩奉献的人民，不抱怨，不抛弃，像祖国无条件地爱我们一样，我们无条件地爱祖国，团结向上，凝聚认同，拼搏奋进，无私奉献，用实际行动表达爱国的心。

你我之梦，中国之梦

太平盛世，国泰民安，祖国昌盛，欣欣向荣。我们不必像烈士那样抛头颅、洒热血，我们不必像前辈英雄一样浴血奋战，但绝对要奉献，真正地为中国梦而奋斗而拼搏，贡献自己的一份力量。

如今的中国，经济跃居世界前列，文化被世人赞叹，人民安居乐业……加之让世界惊叹的高铁，让国人骄傲的航天事业，还有无畏而大气的大国外交！这些年来，"中华崛起"的字眼频繁出现，也许中华民族伟大复兴的目标尚未实现，但属于中国的时代已经到来！

作为一名中华少年，首先要有一颗赤诚的爱国之心，并牢记少年强则国强，谨记中华精神和民族气节，"少年雄于地球则国家雄于地球"，我们要确立目标，与时俱进，怀着坚定的信念和积极向上的世界观。

为追求更优秀的自己，去拼搏进取；为实现自我终极梦想，去刻苦努力；为实现伟大的中华复兴之梦，去流血流汗，满腔热勇！

作者的特等奖证书

　　中华少年，凭满腔热勇、万千努力，万众一心
共筑中国之梦。

II／成长

岁月的溪流缓缓流淌，成长的足迹深深印下，蓦然回首，成长路上有着一串串深深浅浅的脚印，记载着欢乐，记载着忧伤⋯⋯

别　着　急

　　你总说岁月无情，时光太快，殊不知是你太过着急，太过急功近利。喧嚣忙碌的尘世，不妨放慢脚步，一路且歌且行，脚踏实地，抓住时光。愿你一步一梦想，不疾不徐；愿你一念一时光，珍惜所爱。看看这世界，听听内心的声音，慢慢来，别着急！

——题记

一步一梦想

　　我从来不觉得梦想是不切实际，相反，梦想是为了实现的，而太容易实现的，哪里配得上称作梦想。

　　如今再次忆起那段旧时光，仍觉得当时的自己有些许"急功近利"，着急地去"成功"，着急地去获得赞美，着急地匆匆前行，丢了曾经的梦想，误了些许的时光。

　　你是否动摇过你的梦想，在迷茫中放弃它？你是否看不清自己的未来，一味去追随别人眼中的"成功"？你是否像我一样，曾有一段无处安放的时光？

那是激荡中的青春，那是彷徨中的微光。

离开衡中，是我从出生以来十六年光阴中一次岁月的激荡。即使是现在，仍然有人质疑我当时的决定，在更多人眼中，考入衡中就是一件非常荣耀的事情，在衡中学习就是通向成功最保险的道路。可我想说的是，从离开到现在，不管过去、现在，还是未来，我都不会为当时的决定而后悔。

很小很小的时候，留学的梦想就在我寂静的岁月中绽放出了灿烂的花，我一路顶着别人的怀疑和不解，走过了几程不知所措的路，跑过了一段青葱岁月，曾经以为自己足够坚定，结果却仍是高估了自己。

我不是圣人，我也多少沾染了世俗。体会着生活的不易，一路前行，我在岁月的催促中开始变得急功近利，想淡泊名利却很难，我仍贪恋着那些"公费衡中，厉害"的赞美与肯定。那留学的梦想搁浅在旧时光中，我也因为赞美去探寻着别人所谓的"美好前途"。我变得越来越着急，无比渴望成就，殷切期盼成长，可生活远不止这些，生活还有诗和远方，我渐渐意识到了自己的变化。

驻足间蓦然回首，走过的那一段时光，虽忙碌却不充实，只因为心中存在无处安放的激荡青春和凌云梦想。

"终于做出这个决定，别人怎么说我不理，只要你也一样的肯定。"梦想如同歌词中的爱，同样需要勇气，我选择离开衡中，去拯救自己那搁浅的梦想。当时的我很幸运，纵然自己曾经放弃了梦想，但当我幡然醒悟，回首时，梦想仍在等着我，等我带着满腔热情，用勇气与坚定去追回它！

我开始了一段全新的旅程，一切从零开始，我不后悔衡中的那四个月，因为那段时光真真切切地让我知道了梦想的珍贵和真正的自我。在这重新开始的人生中，没有急功近利，没有过多的赞美，更多的是内心的充实和梦想的力量。

那是青春最美的样子——为了梦想，为了自己，以时光为筹码，以梦想为赌注，一步一步奔向花开的彼岸。

因为足够坚定，所以不曾害怕重新开始。任性的资本是青春的真实。因为梦想，所以敢拼搏；因为勇气，所以敢与时光赛跑；因为青春就是由大大小小的不确定和美好憧憬组成，所以敢慢慢来。实现梦想的路上，不需匆忙，没人会跟你争抢你的未来。

听听自己的内心，慢慢来，别着急，一步一个脚印，一步一个梦想！

一念一时光

人生中的每一次相遇，都别有深意，匆匆的时光中，我们都是孤独的赶路人，但我们终会遇见一个人，惊艳了你的时光，温柔了你的岁月，他就在那里，等你、盼你、伴你左右。你要珍惜，你要勇敢，去抓住时光，去抓住那段你们相互陪伴的日子。

她和她的故事，是记忆中时光开出的花。一个她，是一个女孩；一个她，是一个女人。那是时光的交错，描绘出的一幅纯真、美丽的画卷。

那一年，女孩刚刚来到这个世界，女人二十一岁。大雪纷飞的晌午，许是阳光的原因，或许是爱的融化，她苍白的脸颊上泛着丝丝红润，浮肿的双眼中似浸润着些许晶莹，她的嘴角微微颤抖着，最终却化为一抹欣慰的笑。而这一切，是因为她怀中那刚刚出生的女婴，女人的目光所及，柔情和温暖软软地洒在婴儿身上。那时的她，笑着认为自己是世界上最幸福的人，怀里的婴儿便是自己一生的至宝。

那一年，女孩三岁，女人二十四岁。女孩该上幼儿园了。女人骑着自行车把女孩送到幼儿园的门口，当她将女孩抱下车的时候，女孩似乎意识到了分别，开始紧紧抓着她的衣襟大哭。女孩不想离开她，女孩早已习惯了整日与她在一起的时光，女孩流泪的双眼和攥紧的小手，都在试图争取一份与女人不分离的安全感。女人背过身去，大手坚定地放开女孩的小手，骑上自行车飞快地离开了。女人的背后，是阵阵哭声，一声又一声。女人的眼睛模糊了起来……

小路的转角处，浓荫的大树后，女人正注视着远方的女孩，那正在被老师领进幼儿园大门的女孩。

女人说，虽然我不想让她哭，不想她难过，但我用这样的方式，为的是让她学会独立。

那一年，女孩六岁，女人二十七岁。女孩得了脑炎，已经是第二次患脑炎了。女人扔下手头上的工作，带着女孩去医院做检查、开药、输液、在家中护理。女孩不能看电视、不能看书，女人便整天整天地陪着她，给她讲故事，她想看的书，女人一本一本地读给她听。她吃不下东西，女人便变着样儿地给她烹饪可口的美食。

女孩总是静静地望着窗外，女人便静静地在后面看着女孩。女孩无聊、难受，女人也像丢了心一般。

又过几年，女孩上小学了，女人的事业也处在上升期。每天，女人都要六点起床，为女孩做可口的营养早餐，然后开车二十多分钟，将女孩送到学校。

中午和傍晚的接送，几乎都是女人亲自去，晚上女孩做完作业，女人每次都很认真地检查、辅导。就这么周而复始，整整六年的光阴，在女人的陪伴和辅导下，女孩的成绩从下游到中游，从中游再到名列前茅。她说，我无法保证我的女儿是最聪明的，但我必须教会她成为一个最努力的人。

那一年，女孩十三岁，女人已经三十四岁。女人的母亲突发心脏病离世，一切都来得猝不及防。从开始抽搐到最后医生拿出病危通知单，再到离世，女人一直都守在母亲身边。女孩当时在上课，是被表哥提前接到医院的，到了急诊室，透过虚掩的房门，女孩看到一群人相拥哭泣，女孩心里咯噔一声，循着哭声冲进急诊室，看到的是床上已被蒙上白布的老人。女孩看着跪在床边眼神空洞的女人，也跪坐下去，她试图将女人扶起，可女人纹丝不动，只是抓着女孩的手，冰冷的泪水落在女孩同样冰凉的手上，"妈妈再也没有妈妈了"，只这一句，女孩紧紧地抱住了她，原来这个女人也有如此脆弱的一面。

女孩说，以后就让我来守护你吧。

那一年，女孩中考，是女人悉心地照顾她。女人总是打理好一切，除了学习，女孩什么都不需要考虑。每一晚，都是女人帮女孩铺好被褥，每一个清晨，都是女人播放起女孩最喜欢的歌将她唤醒。那半年，女孩被女人照顾得很好，而女人却瘦了好多。出中考成绩的时候，女人比女孩还要紧张，考上衡中的时候，女人比女孩都要开心。

那一年，女孩十五岁，她已三十六岁了。女人那天到学校，女孩向她提及自己早恋了。女人充满爱意地望着女孩，"你长大了，我不会再反对你，只要那个人愿意等你，陪你度过这三年艰苦的高中时光，也挺好的"。而女孩还是太过天真了，高中生活开始后的几个月，她就被所谓的"爱情"伤得遍体鳞伤，那一次的周测成绩也一塌糊涂。那一晚，女人将女孩接到家里，给女孩买了好多她喜欢吃的东西，那一晚，她们躺在一张床上，聊了很久很久。女人跟女孩讲起自己曾经的故事。女孩那时才知道，原来女人一路走来是那么不易，女孩也重新燃起信心和希望。心向远方和梦想。

那年的圣诞节，也是女孩十五岁生日那天，女孩选择了离开衡中，女人心里很是惋惜，她一开始是不同意的，因为她不知道转学这条路会让女孩得到什么，又会失去什么。前途充满了众多的不确定性，她不想女孩去冒险。但同时女人也知道，留学一直是女孩的梦想，所以女人到最后同意了女孩转学的决定，并且和女孩一起打理好了转学的行李。她说："我不知道这个决定会给你带来什么，但不管怎样，我不想让你错过梦想。如果前途迷茫，我会陪你冲破迷雾；如果前方困难重重，我会伴你披荆斩棘！"

女人是金牛座，女孩是摩羯座，星座占卜上契合度为百分之百的两个星座，在生活中却总会碰撞出多彩的火花。

女人学历不高，却十分热爱她所从事的花艺事业。女孩总是拿女人词汇储备少来开玩笑，但其实，女孩很佩服女人，女孩也想有朝一日，自己能够像她一样，有一份自己所热爱的事业，并为之奋斗；也想自己能够像她一样，时刻保持一颗乐观的心，从一而终，不忘初心……

她和她的故事，是我和妈妈的故事。

小时候上二年级，第一次写了一篇关于妈妈的作文，被老师当作范文，我满心欢喜地拿回家，却被妈妈呵斥了一番。当时幼小的我，赌气般地发誓，从那以后，再也不写关于妈妈的作文了。我小手紧攥着那篇作文，手攥之处便是被老师用波浪线画出的好句子，鲜红、发亮，"我的妈妈脾气大得像一只恐龙，朝我发脾气时就会喷火，头上也会着火，太像一只燃烧的胖恐龙"。老师的批语是：写得好，写得很形象……

我总是"嫌弃"妈妈看书少，妈妈总是"嫌弃"我嫌弃她。

她嘴上说着自己自卑的话，但在我面前表现出来的却都是莫名其妙的自信。而我对付她最好的方法，就是用"知识"来战胜她，尽管怼人的功力不及她的三分之一，但每次都可以用问她问题的方式来扳回一局。然而到最终，妈妈总会留下一句"无聊"，选择无视我的问题。

她"惊人"的记忆力也常常成为我吐槽她的地方。她每天迷迷糊糊地过，却对花艺事业有着不可动摇的热爱、恒心和清晰的发展思路。

她从不轻易夸奖我，偶尔夸我的时候，后缀总会带上"这一点遗传了我"！

妈妈十六岁时，为了减轻家中的负担，成绩优秀的她谎称厌学，便辍学从农村来到衡水投奔哥哥，在衡水唯一的大学里找到了一份工作。曾经家中的小公主，忽然间在城市中不知所措，她却咬牙坚持，从未想过放弃。后来创业，一路摸爬滚打，有了现在十余家花店的成就。

其实，我挺佩服妈妈的。曾经，爸爸没房、没车，只有一颗爱妈妈的心，妈妈便下决心跟爸爸过一辈子，而现在也证实了妈妈的眼光没有错。当时他们什么都没有，两个人白手起家，徒手拼下了自己的一片天

作者在第十六届"叶圣陶杯"全国中学生新作文大赛决赛赛场

    岁月总是马不停蹄地前行，时光静悄悄地在我们的身上留下来过的印记。

地。如今妈妈仍然在不断地学习与进步。学历不高，读书也不算多，但每次对我讲的道理，却总能让我折服。

岁月总是马不停蹄地前行，时光静悄悄地在我们的身上留下来过的印记。

皱纹也悄悄爬上了妈妈的脸庞，那是粉底液和护肤霜掩盖不住的匆匆时光；岁月在发梢落下如雪的印记，那是妈妈一天天操劳的标记。

一位作家说，所谓父女母子一场，只不过意味着，你和他的缘分就是今生今世不断地在目送他的背影渐行渐远。你站在小路的这一端，看着他逐渐消失在小路转弯的地方，而且，他用背影告诉你：不必追。

我只求时光能慢些走，不要让妈妈继续变老，如果可以，我愿我用我的一切来换取岁月长留，去恳请时光放慢脚步，慢些，再慢些。让我有更多的时间去追，让我有更多的时间去陪伴，陪伴为我奉献的妈妈……

一步一梦想，一念一时光。我们不怕困难重重，只怕梦想搁浅，我仍有青春的资本，任性地去做自己披荆斩棘的大英雄，不再急功近利，真正为自己而拼搏，慢慢地去实现属于我的梦想。我不怕时光催促我成长，只担心岁月让妈妈变老，但不管怎样，我仍不会忘记，妈妈仍是我记忆中的最美模样。

我也知道，终有一天，我们都会变老，但我仍希望纷转的流年，能因爱而放缓前行的步伐，别着急，慢慢来！

（该文获第十六届"叶圣陶杯"全国中学生新作文大赛决赛一等奖）

她和他的故事

——写在父亲节

> 这是一个记不清开端，还未有结局的故事。故事溢满的是温暖、是阳光、是疼爱。
>
> ——题记

那天，阳光正好，微风不燥；那年，岁月静好，流年安然。

那年，圣诞节，时光煦暖橙黄，她出生，他二十六岁，这便是她和他的故事开端。

那年，她四岁，他三十岁。那时的她身体不太好，小小的年纪，却需要吃中药来调理身体。手指肚般大小的中药丸，杂糅着各种草药的气味，那是她每晚最不愿面对的时刻。

他看着坐在床上号啕大哭的她，静静转过身，走向厨房，小心翼翼地将每一粒药丸磨碎，又认真地洗好每一颗草莓，将草莓放入榨汁机，榨成草莓汁，最后将药粉混入草莓汁。他悄悄地忙碌一通，只是想让草药的味道好一些，让她开心一点儿。

每晚，那昏暗灯光下的身影，一次又一次地做着重复着。其实，药的味道依然不是很好；其实，那时草莓真的很贵；其实，那时他的收入真的不高；其实，那时的她真的好爱吃草莓……

那年，她六岁，他三十二岁。那时的他工作很忙，也很累。那时的他，经常出差，也没有太多的时间可以陪伴她。然而每次出差回来，他都会在楼下的肯德基买两个草莓圣代，不管多晚，进了家门便摇着袋子喊她的乳名。他总是会意一笑，因为他总能看到一个小身影闪过来抱住他，然后开心地拿走圣代，心满意足地吃起来。那时他吃饭总是很省，却始终坚持每次出差回来给她带两个草莓圣代，这一带，就是五年。而她，如今仍然钟爱那款草莓圣代，尽管她已不再那么爱吃草莓。

　　那年，她八岁，他三十四岁。他们搬家了，新的小区环境很美：小区有一条小溪，溪水澄澈见底；小区有片片草地，小草青翠欲滴；小区有一个个花坛，鲜花五彩缤纷……他要忙着工作，却每天都会挤出时间，带她去小溪边、草地上、花坛旁，游戏一番。那时的她很开心，那时的他也还算年轻。

　　那年，她十二岁，而他也已经三十八岁。她开始上初中了，为了她上学方便，他带她搬到了离学校非常近的小区。读初中，清晨要起很早，那时他也很忙。每天早上，她都会在锅碗的碰撞声中醒来，洗漱完毕，她会看到桌上可爱美味的早餐。他总会做不一样的早餐，让她从早上一开始就有一个好心情。这一坚持就是三年，其间他没有一丝一毫的倦怠。

　　那年，她十三岁，他三十九岁。她的外婆不在了。外婆很疼她，她是外婆的宝贝，外婆是她的半边天。长辈们在给外婆收拾遗物时，他一直在身边陪着她。沉默的空气中，他突然开口道出了外公也已得重症的消息。那时，她第一次看见他哭得那么伤心、那么无助。这时，她才知道，原来她心目中最最坚强的人面对生死，也是这般的脆弱。

　　他和她的舅舅、阿姨载着外公去天津看病、拿药，周周转转，她也看到了他所担下的那份责任和担当。她看着他默默地忍住泪水，她数次无意撞见了他对着外婆、外公的照片流泪，她心疼地看着他急忙地抹掉眼泪。她知道他很痛、很悲伤，她也知道他隐忍下的那份责任，她突然意识到，未来的他也需要她的守护。

那年，她十四岁，他已经四十岁。十四岁的她正处在关键的初三，而十四岁也是少女心动的年龄。是的，她早恋了。她开始隐瞒她的"大秘密"，她开始设置电脑屏保密码防着他，他们不再无话不谈，他"不再是"她的英雄。他没有打、没有骂，夜深人静时，他总会望着窗外沉思，他只是不想她受到伤害。醒来书桌上一封一封的信，是他说不出口的担忧和无奈。

那年，她十五岁，他四十一岁。他为了她付出很久，她却曾为了一个男孩放弃了坚守多年的留学梦想。

那年，她十六岁，他四十二岁。早恋的她内心受到了重创，她空洞无助、她迷茫悔恨。那时，她住校，而他则每天都起得很早、睡得很晚，只是为了在她打来电话时，能够马上拿起手机立即接通。

几个月后，她终于做出决定，离开衡中，重新去追求留学的梦想。她做出这个决定的魄力和勇气都是源于他。当时周围的人都不看好她的决定，而他甘愿为她扛下一切的质疑和否定，坚定地给她追求梦想的机会和支持。

其实，他也清楚衡中的优秀，也并不细解留学前景，他承受着很大压力，背负着质疑与否定，最要紧的是那是一个不确定的未来。然而他说，没关系，只要她喜欢就好。

离开衡中的那天，他拖着行李走在前面，背影比她还要坚定。

她转学到天津读国际高中，他便频繁地往返于衡水和天津，为她打理好一切事情。他也开始努力学习英语，他尽自己最大的努力去了解国外。她想去美国，他便再一次地为她扛下了周围人的质疑。他也会担心她的安全，但他不想她留下遗憾。

她，每半个月会有一个周末放假，这时她会独自在天津的家里，因为她说在出国前她要逐渐学会独立。

然而五月的一天晚上十点多，有人咚咚咚地敲门，她惊恐之余从门的猫眼望去，看到两个光着膀子的男人口齿不清地嚷着让开门。她吓坏了，哭着给他打通了电话。他安慰她说不要害怕，肯定是有人酒后走错楼层了，他说要不要现在过去陪她，她回答说没关系，敲门的人已经离去。

而半夜十一点时，她接到了他的电话。电话那端的他说，他已行驶在高速上，要她不要害怕，一会儿就要到了，还安慰她如果很晚了就早点儿睡觉。

深夜十二点半，她听见门开的声音，那熟悉的声音响起，让她觉得自己是天下最安全、最幸福的人。

她和他有太多太多的故事，她很爱很爱他，他也一样。

原谅我，无法一一细数他和她的故事，那就来日，以回忆代画笔，重拾零落的美好和那些过去的幸福。

她在慢慢长大，他在慢慢变老。

不知从什么时候开始，他的头发逐渐稀疏起来，也会自己偷偷地拔掉那几根明显的白发。他身材并不算高大，但他的背影总是无缘由地让她感到安全。她从来没有跟他说过"我爱你"，但他却是她心中永远的大英雄。

她和他，相差二十六岁，他们的故事朴素真实，故事虽记不清开端，但一直在继续，还未有结尾。

她和他的故事，就是我和爸爸的故事。

我出生时，爸爸二十六岁。有人说，女儿是爸爸上辈子的情人，我很幸运，今生今世，能被他宠成一个公主。

爸，一直以来，你从来没有求过我什么，你为我扛下一切重担，你为我遮风挡雨，你帮我实现梦想，在你心里女儿远比事业更重要。

我懂得你肩负的责任，我理解你生活的艰辛，我知晓你为我付出的许许多多。其实，我也曾经怨过你，也误解过你，曾不懂事地以为我们之间必定有消除不了的隔阂，我曾以为你变了。但其实是我变了，是我有过任性，是我有过青涩，我在受伤之后才幡然醒悟，原来你一直未变，你一直都在，仍在一如既往地为我付出。你个子不算高，模样不算帅，

非洲肯尼亚大草原

　　人们都说，每一个爸爸都是孩子心中的齐天大圣，他踏着七彩祥云，不顾一切地、坚定地守护在子女身边，为子女抵御风霜雨雪，无论何时，无论何地！

可你一直是我的大英雄，那个为我遮风挡雨，那个用一生去守护我的大英雄。我对你的崇拜，过去是，现在是，未来也会是，始终如一。

原来，不管别人会怎样，不管我遇到怎样的男生，这世上一定会有一个男人，会用一生一世去爱我，去守护我，那个人必定是爸爸。

爸爸有着我不曾知道的过往，我也会有他无法知晓的未来，但我们都相信，并且坚信，我们之间这一段父女的感情，必将会成为我们需要用尽一生的爱与温暖去守护的、去珍惜的财富。

人们都说，每一个爸爸都是孩子心中的齐天大圣，他踏着七彩祥云，不顾一切地、坚定地守护在子女身边，为子女抵御风霜雨雪，无论何时，无论何地！

一位作家曾说，所谓的父女母子一场，不过是看着他们的背影渐行渐远。但我不会再看着父亲一步步地远去，我一定要去追。纵然我追不上时光，敌不过岁月，但我可以守护住爱和温暖。

我和爸爸的故事，还未完待续。因为我们还有很长的路要走，我们还有很多话没有说，我们还有很多的心愿没有完成。我会努力成为善良的星辰，成为自己的太阳，最终成为爸爸的骄傲！

你说你不在乎我的功成名就，只在乎我快乐与否，但我在乎，我在乎，否则我没有足够的能力去守护后半生的你。

能做您的女儿，我十分幸运！

爸，你的以后，就交给我吧，请相信我，从这一刻开始，就让我做你的小英雄吧！

写给妹妹的一封信

亲爱的张豆豆小同学：

　　我呢，是你的姐姐！

　　这是你的七岁生日之际，我写给你的第一封信。

　　可能你还不能完全读懂，不过没有关系，你收藏好就行了。

　　以后，每年我们过生日时（我们姐妹俩相差九岁，农历生日是同一天），姐姐都会给你写信的，等你长大了再仔细读。

　　那是，姐姐还在上小学二年级的时候，妈妈告诉了我你的存在。其实那时姐姐还小，还不太清楚"妹妹"是什么概念。

　　说实话，你出生前的几个月，我还真有点儿排斥和失落。因为我听同学说，待你出生后，爸爸妈妈就会只疼爱你，不疼爱我了。

　　但直到那一天，那天是星期五，表哥带我去了医院，我见到了刚出生的你。

　　那天，病房里人很多，我默默地站在门口向你望去，看不清你的模样，但就在那一瞬间，你的头转向了我，我看清了，我看清了你红扑扑的小脸蛋！

　　也就是在这一瞬间，我知道，我是一个姐姐了。从那一瞬间开始，我再也没有了排斥感，没有了失落感。我真的很开心，我有妹妹了！

你快乐地成长，快乐也伴随着大家。

记得有一天，三岁的你生气了，赌气撕你的小人书。这时大表哥看到了，批评道："豆豆，你哪能撕书呢？！"没承想，你头也不抬地说道："我的书，我愿意撕！"

记得有一次，妈妈问你："有人欺负你姐姐，怎么办？"那时的你多小啊，眼神儿却异常坚定地说："我去打他！"

还记得，在新加坡游玩时，你说你很喜欢那里。妈妈说："你喜欢这里，那你长大了，就到这里上大学吧！这里安全、漂亮、干净，又有很多好吃的。"可你想都没想，转身抱住我的腿说："我不，我要跟姐姐一样，去美国读大学！"

你小时候的事情很多很多，等你长大了我再慢慢讲给你听。

姐姐的感动，很多都来自你。

小时候你挨批评时，我会立马放下手中的作业，冲出去将你抱在怀里，你会在我怀里哭泣。我在家里做作业时，你总会找出各种理由进我的书房，我知道，你那是想让我陪你玩一会儿。

我知道，你聪明、你漂亮、你优秀，但我不会嫉妒你，一辈子都不会。有你，我很骄傲，我常常会给别人看你的照片，然后说："漂亮吧，这是我妹妹！"

姐姐不算很优秀，但我一直都为了你在努力。有位名人说过："当你有了需要你保护的对象，你就长大了。"我也正是这样，没有你之前，我并不想长大，因为我知道成长的道路坎坷，长大后的世界并不轻松；但自打有了你以后，我就改变了，我变得想快点儿长大，因为长大后就会变得强大，有足够的能力保护你。

姐姐愿意吃双倍的苦，哪怕再苦再累、再艰难，我也希望可以更多地替你承担一些未来的挫折。

姐姐愿意继续创作，当个作家，因为你常常骄傲地告诉别人，你姐姐出书了。姐姐愿意给你更多的爱。

作者古灵精怪的妹妹

我知道，你聪明、你漂亮、你优秀，但我不会嫉妒你，一辈子都不会。有你，我很骄傲，我常常会给别人看你的照片，然后说："漂亮吧，这是我妹妹！"

姐姐大学毕业后，就先在国外工作几年，你喜欢哪个国家，姐姐就去哪个国家工作。等你上大学时，我就直接过去，帮你料理好一切。

　　我希望等你结婚的时候，我能将你的手亲自交给那个他。从那以后，让他代我，护你一世周全……

　　2011年农历十一月廿二，有了你，从此毛毛有了豆豆，这是我这辈子做梦都会笑醒的事。

　　也许明年我会去香港、去美国、去英国，也许会和你分开一段时间，但我一定会想你，特别想特别想的那种。

　　你的到来，是我生命中的一道光。即使大雨滂沱，即使前途迷茫，即使失去方向，也会有一束光，带我飞跃迷茫，那就是你。

　　我想陪你长大，陪你一起飞到梦想的地方，迎着风浪一起往前闯。我有很多心里的话想对你讲，你是我一生中最珍贵的宝藏；陪你长大的愿望，在我心底埋藏，你是我面对生活勇往直前的力量。

　　不喜欢学习没有关系，喜欢化妆、打扮也没有关系，你继续坚持做你喜欢的事情，我会在你身后，努力为你遮风挡雨，一辈子，不离不弃。

　　你可以任性，姐姐不需要你多努力、多成功，只要你开心，姐姐这辈子就是要把你宠成小公主。

　　我会为了你，拥有足够的能力，在未来，许你快乐与美好！

　　你说你知道姐姐喜欢蓝色，但姐姐真正喜欢的是你喜欢的颜色！这条蓝色的公主裙，是我送给你的生日礼物，也是我为你许下的星辰大海！

　　我的小公主，生日快乐！

永远爱你的姐姐

2018年12月22日

非洲的小天使

非洲的小朋友都是天使吗？！

他们的歌声真的是世界上最美的声音！

今天，我们团队一行十几人给肯尼亚小朋友们做完自我介绍后，老师对着孩子们问道："大家刚才的自我介绍，你们记住了谁的名字？"当好多小朋友指着我喊出"Sophia"的时候，我真的好开心好开心！

他们真是超可爱的天使！

看着他们围着我，纷纷伸出小手等待礼物。几包普通的薯片、士力架，一盒中国特色的明信片，一袋来之前精心挑选的手工饰品，一盒卡通创可贴！他们用不怎么熟练的英语问："可以给我一个吗？谢谢！"看到他们拿到礼物后开心得手舞足蹈，我无语凝噎……

我真的既开心，又心酸！

我很开心，小小的礼物可以给他们带来无比的快乐、幸福，然而这是再普通不过的小礼物啊！

原来，我们都生活在幸福里，只是我们没有体会到！我想，我要做的是先变成更优秀的自我，然后再去帮助这些可爱的小朋友去实现他们的小愿望！

他们的愿望可能很简单，只要我们稍微用心，只要我们都付出一点儿爱！

可爱的肯尼亚小朋友们，暑假再见呀！

我想，下次一定要带很多很多的礼物！不用太贵，用心就好！我想，爱与关心真的是这个世界上最有魔力的东西，孩子们脸上洋溢的笑容就是对我们的爱心最真诚的回报！

我在想，也该规划一下了，回到国内后，我该去大山的深处，五一节有要去山区看望小朋友们的吗？

也许，我不会给他们的生活带来太大的改变，但我想，能提供一点儿帮助就能让他们多一点儿幸福，能提供一点儿爱心就能让他们感受到一点儿温暖。

我们很幸福，所以带给小朋友们一些幸福是不是更好？

　　原来，我们都生活在幸福里，只是我们没有体会到！我想，我要做的是先变成更优秀的自我，然后再去帮助这些可爱的小朋友去实现他们的小愿望！

英华少年　与国同梦
—— 英华国际学校国旗下演讲

敬爱的老师，亲爱的同学们：

大家上午好，我是中加部的张天娇，今天我演讲的题目是"英华少年　与国同梦"。

当我们一起重温祖国走过的峥嵘岁月，发现中国已经历了七十周年的风雨。她曾艰苦跋涉，历经涅槃重生；如今她已昂首阔步，但依然还在不停勤奋探索。辗转七十载后，我们看到了伟大祖国的繁荣昌盛，看到了中华民族的骄傲崛起，看到了东方奇迹的辉煌未来！

我们写着方块字，诵着诗词曲，读着《书》《经》《易》；我们流淌着"黄河"的血，体味着大漠的孤烟，追逐着升腾的旭日，将梦想直挂九天云霄。

感谢祖国，能让我们在悠久壮丽文化底蕴的滋养中成长。能为复兴中华民族的伟大梦想而读书、而努力、而奋斗，这是我们新一代人的历史重任。

回首往昔，祖国用最真实的语言教会我们在苦难中成长，坚忍顽强，敢为人先；祖国用最直接的行动教会我们在逆境中生存，勤奋勇敢，自强不息；祖国用最包容的精神教会我们在迷惘中前行，团结统一，热爱和平。

英华运动会开幕式后

　　作为英华少年的我们，要立足当下，要时刻怀有家国情怀，树立热爱祖国的坚定信念，时刻维护祖国的荣誉和尊严；我们要尊师重道，开放包容，时刻准备帮助有需之人。

从昔日贫穷到今天的强大，祖国的发展布满艰难与心酸。我们没有退缩，始终勇往直前。如今，我们享受着祖国的安定与富强，感受着祖国给予的关爱与守护，体会着祖国赋予我们的华夏血脉，骄傲由心生，自豪无以言表。

作为英华少年的我们，要立足当下，要时刻怀有家国情怀，树立热爱祖国的坚定信念，时刻维护祖国的荣誉和尊严；我们要尊师重道，开放包容，时刻准备帮助有需之人；我们要热爱学习，培养自学能力，建立终身学习的好习惯；我们要诚信守法，做新时代风范公民；我们要具有国际视野，培养兼容并包的世界观念；我们要怀抱理想，勇于追梦，与祖国同前行。

适值新中国七十华诞，祝祖国母亲生日快乐！感谢您的坚定守护，感恩您的执着培养！英华少年定怀以深情，报以祖国复兴之志，且行且进，不负韶华，与国同梦！

2019 年 9 月 23 日

重　逢

　　风，吹得有些凉了，向浅穿得单薄，起身去关窗子。

　　窗外，斑驳的晚霞似深粉色的梦，落日余晖为天空镀上金灿灿的颜色，小城被如此美好所笼罩，显得通透而又神秘。

　　"好想她啊，真的，真的好想她……"向浅眺望远方，似乎陷入了沉思，嘴角垂下，露出似乎非常苦涩又无奈的表情，想笑却又说不出的苦涩和无力。

　　她抬手看了看表，十八点二十五分，于是她拿出手机，拨通了那个熟悉又陌生的号码。在国外几年，忙得几乎与可爱的她们断了联系，但至少情况还好，还有一个人，就像粘上青春的泡泡糖，分不开，也舍不得，"念念，地址定的哪儿啊"？

　　"嘿，亲爱的，正打算跟你说呢！定的是郊区新开张的农家乐，大家都觉得那里热闹，虽然饭菜都是些家常菜，但吃着健康放心啊，听说味道还不错。正好你回国没多久，大家都想你了，我们趁机举行一次同学聚会，大家也都坐到一起聊聊天……"

　　电话那边的女声滔滔不绝，向浅无奈地摇了摇头，轻轻咳了一声："念念……"无奈中竟也有几分撒娇的意味。

　　"唉，你看我这毛病，一说起来就没完没了，咱们见了面也能聊啊！

亲爱的，我快到了，一会儿我把地址定位发给你，你按导航过来吧，省得你这个小路痴迷了路！"

"现在我可不是路痴了哟……行，那我现在赶过去，咱们一会儿见！"

向浅放下手机，站到窗前想，究竟是怎么摆脱"路痴"称号的呢……为了记住某些很重要的地方吧。

就像街角那家餐馆的铁板鱿鱼，就像公园里偏爱的那一畦花田，就像内心装着小秘密的铁盒子，生活中的点滴构成了平淡岁月里的"小确幸"，更何况是那些重要的人，那道美味的菜，那段七彩的时光，那圈圈涟漪荡出层层爱的旋律。

向浅自嘲地摇了摇头，抬头望了望天花板，过了一定的年纪，眼睛里就得藏得住一些东西，或者说，隐藏一些情感。

向浅去衣帽间换衣服。一拉开橱门，各式各样的衣服呈现在眼前，应有尽有，各式各样：礼服、时装、风衣、T恤……整齐地挂放在柜子中，柜子的下层放着琳琅满目的鞋子。向浅挑了件淡绿色的宽松T恤，下搭了一条米白色的长裙，风衣颜色是深橄榄绿的，将她白皙的皮肤衬得更突出。二十九岁的向浅很好地诠释出了知性风范。向浅的眼睛扫过一排包包，都是精致名牌货，在衣帽间的灯光下闪亮。向浅眼底泛起一丝漫不经心，最终拿起了一个偏淡雅、朴素风格的布包。

向浅，就是那个近几年名声大噪的时装设计师，之前她在法国的国际时装展上一鸣惊人，四个月前，她才从米兰回国发展。不同于其他设计师个性夸张的设计风格，向浅的作品总会惊喜地给人岁月静好的感觉，像是纯白的幽兰开在姹紫嫣红的花海之中，格格不入却别有一番超凡脱俗之美。

这次回国，向浅带着著名设计师的光环，每天生活在媒体舆论关注中，但向浅却丝毫不在乎，她穿上一双白色帆布鞋，相比于名利场上的纷争与荣誉，向浅享受的其实是褪去光华后的平淡与真实。

二十九岁，之所以有这般超脱世俗的念想，大概是因为曾经失去了真正很重要的东西吧。

约定的地点到了，那是一家在小城偏郊新开张的农家乐，近来在美食点评 APP 上好评不断。一排平房，镶嵌在种满鲜花的花园中，房后有一片树林，林中有秋千、有长椅，最吸引人的是几亩菜园，来客们可以根据自己的喜好去菜园采摘，再交给厨师烹饪。二十六岁前的向浅少有为，穿梭在各大设计展晚宴、酒会上，享尽了繁华城市的忙碌与充实，也看尽了大都市的人情百态。如今，这种自然惬意的感觉让她耳目一新。

久违的高中聚会，与向浅的高中生活相隔了十余年。向浅自嘲般地摇摇头，走了进去。

大部分同学都已经到了，向浅微笑着打着招呼，坐在了念念旁边的座位上。高中毕业十年后能聚齐绝大部分同学，所有人都颇感惊喜，于是大家都格外珍惜这场相聚。

大家边嘘寒问暖，边开着玩笑，渐渐地聊进了角色，互相分享着这些年来的大事小情：不小心走散的人，兜兜转转又相逢的他，一些人的离去，生命中出现的新朋友，或名利双收或职场失意……好像他们不曾分开，好像时间未变人未散，这份熟络不经意地让向浅湿润了双眼。

原来在你前进的路途中，有些人会逐渐从你的世界退场；有些人会在某个时光的节点再次出现在你的眼前；还有一些人，纵使时间如流水飞逝，他们仍都会以不同的形式无时无刻不陪伴在你身边，更是化作你生命中的暖、岁月里的光，伴随着你的一生。只要你需要，它将随时散发出柔柔的暖、暖暖的光。

向浅和念念聊得最多。哦，对了，坐在向浅旁边这位脏橘色头发的女孩叫顾小念，她是向浅读高中时的死党，当年的"大姐大"。

顾小念神奇般地成了乖巧班长向浅的闺蜜兼死党，从此向浅便逐渐脱离乖巧，开始发扬顾小念所谓的"个性主义"。性格迥异的两个人发生了许多大大小小的事：曾经撕破过脸皮，曾经在大雨中相拥哭泣，曾经互相鼓励度过最难熬的时光。之后的大学四年，顾小念在国内，向浅先后去了法国、意大利。两人虽身处异地，但仍会和彼此分享生活中的点滴，"小确幸"、小失意、迷茫和惆怅，两人相隔千万里，却一直相互寄托思念和关怀。

有些话，无须多言；有些事，无须刻意。就像向浅之于顾小念。

开始上菜了，都是些家常菜、排档菜，以及同学们刚才在菜园里亲自摘的鲜果蔬。向浅隐约闻到了熟悉的味道，或许有点儿久违了的味道。

"浅浅，知道你喜欢吃香椿，刚才给你摘了些，让厨师炒个特别新鲜的。这时候的香椿炒鸡蛋最香，你快尝尝。"林知坐在向浅左边，他夹了一筷子香椿炒鸡蛋，轻轻放到向浅的盘子里，笑意盈盈，很是热情。

是啊，久违的香气，向浅看着盘里的香椿炒鸡蛋，又看了看堆满笑容的林知，不由得鼻子一酸。

"小灵芝，嘻嘻，我忘了告诉你，我对香椿过敏！"向浅看着林知说道。

"怎么会！高中的时候，食堂里的香椿炒鸡蛋是你最喜欢吃的菜！毕业的时候，你还邀请我们去你家，吃你外婆做的香椿炒鸡蛋呢！我记得那个味道就是这个味儿！"

向浅鼻子微微一酸，说话有点儿哽咽，上扬的嘴角有些下垂。

"哎呀哎呀，向浅可能之前吃多了，现在就吃不下了。小灵芝，真的谢谢你这么用心，我都忘了给向浅摘香椿！大家别愣着啊，下筷子！"顾小念大姐大的语气一出，大家便开始找爱吃的菜，下了筷子。

桌布下，顾小念紧紧地握住向浅冰凉的左手。

"有我呢！"顾小念轻轻对向浅说道。

同学们的聚餐欢快地进行着。只是向浅在那道香椿炒鸡蛋后，就再也提不起胃口了。向浅礼貌地以茶代酒敬大家，侃侃而谈自己这几年的心得，答应了好多人给他们设计专属服装。向浅很珍惜同学间的情谊，

　　在你前进的路途中，有些人会逐渐从你的世界退场；有些人会在某个时光的节点再次出现在你的眼前；还有一些人，纵使时间如流水飞逝，他们仍都会以不同的形式无时无刻不陪伴在你身边。

很希望友谊能够地久天长。但她心中有真正放不下的事，一顿餐吃得食不甘味，所以她婉拒了饭后一起去 K 歌。

尽管顾小念执意要陪她，她还是笑着将顾小念推进去 KTV 的车子里。向浅向同学们挥手告别，单薄的身影在黑夜中极孤单。看到所有同学都走了，向浅转身走进屋后树林，在昏暗的路灯下，向浅坐在秋千上摇晃，暖黄的光是黑夜留给孤独者最后的温存。向浅望向夜空，星河璀璨。

"好久没看到这么美的夜空了，上一次还是在老家……"向浅自顾自地呢喃，突然眼神闪烁起来，繁星好似落入了眼眸。

向浅移步上车，自己驱车离开。去了一个一直都很想去的地方。

一路前行，星辰相随。

这里是向浅的外婆家，是她童年和青春中最难忘的老屋和小院，是她心中最美的天堂。可是，自从外婆离世后，她便再无勇气靠近那承载着无数回忆和无限美好的地方。

回国后的这几个月，向浅好几次梦见外婆，有时候梦境非常真实。向浅觉得神奇，但她从不承认那是幻觉，从来不认为这一切都是假的。既然睡梦中能与外婆相遇，那一定是外婆在想她。如果可以，能不能在下次重逢时，抓住外婆的手，让她重新回到自己身边呢？而她也不必一直如此自责。

思念到了极致，连幻境都是真的。

到了进老家的大街口，向浅犹豫一下方才下车，最终鼓起勇气，走进了一条狭长的小巷，向记忆中的美好老屋走去。向浅觉得脸颊有一丝微凉滑落，她抚摸着这再熟悉不过的大门，握住门环，轻敲几下。生锈的铁门笃笃地响，撞击出了童年的声响。向浅泪眼模糊地笑了笑。看一眼就好，看一眼也就心安了，老屋还在，那美好也还在。向浅转身准备离开时，突然听到铁门门闩拉开的声响。

向浅说过，既然能与外婆相遇，那一定是外婆想她了。

"你来也不提前打个招呼，我还说哩，谁大晚上来敲门啊。把我吓了一跳。"老人一边打开门，一边笑着埋怨道。

向浅看着许久未见的老人，不可置信中又生出一分坦然，她忍住眼眶里的泪水，迅速调整了情绪，脸上溢出盈盈笑意。

"外婆，我不是想你了嘛，于是等不及就赶过来了！实在是太想你了，想你想得睡不着、吃不好。"向浅撒娇道。像个要糖吃的小孩子，她走上前，抱着外婆的胳膊轻摇着，两个人往屋里走去。

"行行行，就你油嘴滑舌。好了好了，我去西间屋给你铺床去。来前，你吃饭了吗？"外婆推开向浅的手，说着就要往西屋里走。

向浅紧紧抓住外婆的胳膊，"不嘛不嘛，我要跟外婆一起睡，睡一张床！"说完便把眼睛睁得溜圆，龇着牙对着外婆一笑。

"嘿，多大的人了，还这么撒娇，跟外婆一起睡？你不怕别人笑话。"外婆嘴上说着嫌弃的话，可嘴角却忍不住微微上扬。

"外婆不说，我不说，就没人知道！哎呀，走啦走啦，和外婆一起睡觉去喽！"说着，向浅拉着外婆的手往北屋里走，抓住外婆的手是那么用力，好像生怕外婆突然走掉。

"去去去，自己去西屋拿床被子！都快三十岁的人啦，还跟外婆挤一个被窝，像话吗？"外婆嫌弃着，但不久向浅就钻进了外婆的被窝，两个人挤在一起。

向浅抱住外婆的胳膊，睁着大眼看着外婆，一句话也不说，根本没有妥协出被窝的意思。

"行吧行吧，就知道你这孩子不听话。还记得吧，上次咱们挤在一起睡，还是你小时候，有一夜下大雨，你害怕打雷，光着屁股跑到我床上，哭着喊着要跟我一起睡。"

"外婆！那都是多久之前的事了！你怎么还记得？"

向浅小的时候，爸爸妈妈在城里打拼，生意多，工作忙，没时间照顾小向浅，于是从很小的时候起，她就跟着外婆住在农村，外婆家的老平房平凡却温馨，一直是向浅心底最温软的牵挂。

外婆没念过什么书，喜欢唤小向浅一声"小家伙"。待向浅稍大一些了，妈妈便刻意锻炼她的独立能力，跟外婆商量着让向浅和外婆分屋睡。

那时候的小向浅，怎么说呢，年少气盛！当时外婆怀着忐忑的心跟她商量这件事，本以为这小家伙会哭着闹着拒绝，外婆甚至都准备好了糖果，并且想好了怎么哄这个"小祖宗"。没想到的是，小向浅二话不说，爽快地答应了分床睡！还煞有介事地拍拍胸脯，下保证书般地说道："没有问题！不就是分床睡嘛！向浅不害怕！向浅可以做到！"

所以结局就成了外婆万般不舍、不放心，小向浅倒是饶有兴致地装作了大人。她拍着外婆的背说："外婆没事哈，不用怕啊，你晚上害怕了，就来西屋找小家伙，我来保护你！"外婆随即被小向浅认真的神情逗乐了，摸着她的小脑袋说道："好好好，小家伙最棒了，外婆害怕了就去找你！"

当时的小向浅其实是在说大话，尽管神情装得很认真，但到最后雷声一响的时候，还是认了怂，慌慌张张地跑进外婆的被窝。而这也成了向浅至今不愿意提起的一件糗事儿。

小向浅刚开始自己睡时为了显示自己的勇气，就四仰八叉地摆成"大字形"，睡在西间大床的正中间。她对外声称是为了证明自己独立的勇气，但其实想法是，睡在床的正中间，可以很方便地透过透明门帘，看到对面屋里睡觉的外婆。因为第一天独睡的时候，小向浅自己睡在床的一侧时，脑子里那些关于恶魔鬼怪的画面就冒了出来，她总觉得会有鬼怪突然破墙而入，也总觉得背后有个恶魔在一动不动地盯着她。小向浅就小心翼翼地裹紧被子，滚到了床的正中央，忽然发现在这个位置可以看到外婆，于是内心窃喜地开始平躺在床中央睡觉。

可怜小向浅，从小就在欺骗别人，同时也欺骗自己的"复杂"生活中度过。等外婆一关灯，她就紧紧裹在被子里，一根脚趾都不敢露出被子，她坚信黑暗中有什么可怕的东西注视着她，等着吃她露出被子的小脚丫。

然而，那一天的夜里，突然雷公得意，电母开心，便在天庭狂欢开派对，于是不一会儿，窗外电闪雷鸣、大雨倾盆。在西屋睡觉的小向浅被轰隆隆的雷声吵醒，突然又被窗外巨亮无比的闪电吓一跳。小向浅紧闭双眼，伸手捂住耳朵，试图屏蔽窗外骇人的雷声，可是手才刚刚伸出去，小向浅的神奇理论就使她深信黑暗中的怪兽在准备吃掉她露出被窝肉肉的小胳膊、小手，她吓得又赶紧把双手缩回被窝，但震耳欲聋的雷声再次撞击小向浅脆弱的灵魂。万般纠结下，小向浅"明智"地做出选择，暂时舍弃所谓的尊严，来不及穿衣服就急忙冲向外婆的房间。她紧闭双眼，愣头青一样地向前冲。对于她来说，从西间到东间的短短距离，像西天取经的万里路一样，跨越火山、摆脱妖魔……

"当"的一声响，小向浅撞到了床边，她顾不上疼痛，睁开眼睛，拼命摇晃着外婆，哭着喊着说："外婆醒醒，外婆醒醒，我害怕，我害怕！"酣睡声戛然而止，外婆从睡梦中醒来，一把抱住黑暗中哭泣的小向浅。

"怎么了，小家伙？怎么哭得这么厉害？"外婆揉揉她的头，又捏了捏她肉嘟嘟的小脸，紧张又关切地问道，但在听到窗外"轰隆"一声响时，便一切了然于心了，抱着小家伙的双臂更紧实了。

"不哭了，不哭了啊，今晚外婆陪你睡，不害怕了啊，外婆在呢！"外婆温柔地安慰道。

小家伙没等外婆抱她上床，便使劲揪住外婆的胳膊，右脚费力地跨上床沿，像条泥鳅一样滑进了外婆的被窝。

外婆失声一笑，心想：到头来还不是撑不住了，这傻孩子，乱逞能，真是自讨苦吃呀。

当然了，外婆的这些话肯定不会对小向浅说，现在忙着找回正常呼吸的她根本顾不上所谓的面子。外婆躺在小向浅旁边，轻轻地拍着她，温柔细声地安慰着她，给她讲起了故事。

在外婆的故事中，小向浅安心地睡着了。

第二天一觉醒来，她假装没看见外婆戏谑的眼神，极其认真严肃地说了一句："我觉得我还是跟你一起睡好，我怕以后夜里打雷你害怕，我得保护你呀！"煞有介事的语气透露出不可更改的坚定，外婆笑着摇了摇头：也不知道是谁害怕打雷闪电，昨晚愣是硬要和我挤在一起睡，嗬，小家伙就这嘴硬的臭毛病。

从那夜以后，小向浅便跟外婆挤在一张床上睡，但妈妈那边得到的信息就是：向浅的独立能力比一般的孩子强，一直自己单独睡一个屋子，也不害怕。

童年最幸福的事情是，身边有一个很爱你的人，帮你瞒着全世界；有一个很爱你的人，在你最害怕的时候紧紧抱住你；有一个很爱你的人，跟你挤在一个被窝里，聊天、讲故事，很温暖、很幸福。

以后遇到的下雨天，每一次电闪雷鸣夜，她都不觉得害怕了，因为她始终记得第一次因为害怕而躲在外婆的怀里，外婆给她讲的那个小故事。

从前，有两个小孩子，一个叫雷娃娃，另一个叫闪电宝。他俩经常在一起玩，他们最喜欢的游戏，也跟我们小向浅一样，都是捉迷藏。雷娃娃喜欢藏，闪电宝就负责找。雷娃娃喜欢藏在黑暗而没有开灯的房间里，他坚信这样藏的话闪电宝就找不到。可闪电宝是个聪明的孩子，他一本正经地对雷娃娃说："你藏好了后就大喊一句'我藏好了'，这样我才知道什么时候去找你，如果你没藏好我就开始找，岂不是对你不公平吗？"雷娃娃没有闪电宝那么聪明，他想了想，觉得有道理，也就心甘情愿地答应了。所以每次玩捉迷藏，雷娃娃藏好之后，就会扯着嗓子大喊一声"藏好了"。而聪明的闪电宝则会循着声音找到雷娃娃的藏身处。他再"啪"的一声打开"灯光"，方便自己找到藏好的雷娃娃，这也就是为什么闪电来的时候，会突然地闪亮一下。那是屋里的灯亮呀！

雷娃娃和闪电宝陪伴了小向浅的整个童年，以至于后来每次听到雷声看到闪电，向浅都会有种莫名其妙的亲切感。当时小向浅会在闪电之后神气活现地说一句："雷娃娃你真笨，又被闪电宝抓到了！"

尽管回忆看似很美好，但对向浅来说却绝对是一桩耻辱事，她坚决不提并试图否认，不过外婆倒觉得没什么，因为外婆的原话是："小家伙丢人的事儿多了去了，又不差这一件！"

清晨，一缕晨曦穿过窗户缝隙，悄悄地爬进了屋子里，蹦跳着洒到向浅的脸上，形成片片斑驳的光影。初夏早上和煦的凉风拂过，抚摩着向浅因熟睡而泛红的脸蛋。她缓缓地睁开眼睛，满足地打了个哈欠，惬意地伸了个懒腰，然后揉着惺忪的睡眼，穿上外婆已为她准备好的衣服。

向浅从庭院水缸里舀了一瓢水，咕噜咕噜漱漱口，之后又喝了好几口，然后咂咂嘴，似在回味水的甘甜。然后继续趿拉着拖鞋向后院走去。

"我就知道你在这儿！"向浅没有丝毫犹豫地来到后院，看到站在香椿树下的外婆。她悄悄跑过去拍了一下外婆的肩膀。

岁月静好也不过如此：女孩和老人，初夏的生机，香椿味的微风，斑驳的阳光，有所爱之人陪在身边的每一天，天空永远是好看的糖果色。

"哎哟！吓我一跳！你这孩子，怎么走路也没个声音！"

"嘻嘻，因为我是属猫的呀！外婆，早上咱们吃什么啊？！"向浅指了指肚子，一本正经地问着。可眼睛却一直盯着地下的筐子，筐子里装了刚摘下来的嫩香椿芽，不由自主地开始咂嘴。

"你明知故问，眼睛往哪看呢？！从小到大的毛病，看见好吃的就走不动路！你说说你，来也不提前说一声，你要是提前打个招呼，我还能多给你摘点儿预备着，本来你就爱吃香椿炒鸡蛋。"

空气中弥漫着香椿炒鸡蛋的味道，在向浅的记忆里，初夏总是和香椿一起到来，只有吃了外婆做的香椿炒鸡蛋，这个夏天才算真正的开始。

"你慢点儿吃！这是早饭，狼吞虎咽的干什么，像是三天没吃饭一样。"

"哪有你说的那么夸张呀！没吃外婆做的香椿炒鸡蛋，说来已经很久了。餐馆跟这个比，味道差多了！""像你这么爱吃香椿的孩子，世上真是少见啊。"外婆好像在感慨，眼睛却望向远方。

向浅从她的眼睛中看到了一丝向往和难以解释的归属感。

向浅吃着盘里的香椿炒鸡蛋，却目不转睛地看着外婆。向浅比谁都清楚，眼前的这一切根本不是现实。她又何尝不知道外婆早已离开了。这么多年来，去过许多饭店，再不敢吃一次香椿炒鸡蛋，怕引起回忆里的熟悉的味道，像毒药般侵蚀她那逐渐努力放下的愧疚，眼眶莫名地开始湿润。饭馆里的香椿炒鸡蛋只是闻见味道，就觉得难吃，是苦涩的，更是没有爱的……

向浅小的时候，长得肉乎乎的，是个绝对的肉食主义者，她很少吃绿色蔬菜。外婆没少为这事操心。那时候，外婆的平房后有一片菜园子，小向浅的外公在世时，曾在菜园子里种了好多蔬菜，和蔬菜一起的还有鲜花。

小向浅的外婆外公年轻时，生活条件很贫苦，但是他们相亲相爱让日子过得苦中带甜。当时，外公在房后开出一块地方，去市集上买了些菜种子。这样一来，外婆外公就过起了"副食自足"的生活：外公细心照顾这些蔬菜，除草、浇水、施肥，蔬菜长得特别好，小向浅在不同的季节总能吃到应季的时蔬。

　　后来，外公又买了一些花种，种到了菜田一角。外公一直瞒着外婆，直到盛夏花开时，外公捧着一大把玫瑰和木槿花送给了外婆，也算是在贫困的岁月里玩了一把小浪漫。

　　娇嫩浅粉色的玫瑰，灿烂火红色的木槿，淡雅和热烈是那个夏天最浪漫的碰撞。

　　木心说，从前的车马很慢，书信很远，一生只够爱一人。那时候的爱情很美，很纯粹。小向浅的外婆、外公真的就是那样。

　　可是在一年的寒冬，外公患了重症，不久辞世。之后，外婆再也没有踏进过那片菜园子。

　　细雨梦回幽深巷，一去无回愁万千。

　　有些事物总让人触景生情，随着外公的离去，外公外婆相亲相爱的田园生活也消失了。

　　爱不假，情是真，思念也蚀骨。

　　那天早晨，外婆捧了一碗菠菜汤，安排小家伙吃。结果惹恼了小家伙，她不仅打翻了菜碗，还大发脾气、大吼大叫，外婆气愤失落，只好叹气走出老屋。来回踱步时隐约闻到了一股香气，于是循着香气去了屋后，越来越浓的香椿气味扑鼻而来。有一棵外公生前种下的香椿树，没想到过了这么多年，虽没有人细心打理悉心照顾它，它竟长得愈发高大茂盛了。外婆思索再三有了主意。

　　她摘了一把最鲜嫩的香椿芽，又拿了两个刚下的笨鸡蛋，切碎香椿，再将面粉和成面糊，生火摊香椿鸡蛋饼。正担心怎

133

么哄小向浅吃下去，没想到她自己闻着香味儿跑过来了，眼睛一闪一闪地看着香椿鸡蛋饼，轻轻拽了拽外婆的衣角，发出想吃的信号。

就这样，从来不吃蔬菜的小向浅，自此一发不可收拾地爱上了香椿。

那天中午，趁着小向浅午睡，外婆走到香椿树下，自言自语道："老头子还是你聪明，知道怎么能让小家伙吃菜……"外婆的眼睛一眨一眨的，晶莹中是溢满的思念。

如果思念能说话，也许就是外婆低喃那句"我知道，你放心不下我们啊"。

于是，直到六岁被妈妈接去城里上小学，向浅每年春夏交接总会吃很多次香椿炒鸡蛋、香椿鸡蛋饼。香椿成了向浅最爱吃的菜。

被妈妈接走的那一天，小向浅哭着抱住外婆，除了说不想跟外婆分开的话，还一直重复着"我的香椿树怎么办……""以后是不是吃不到外婆做的香椿炒鸡蛋了"。外婆只好答应每年春天去城里看她，还答应亲自给她做香椿炒鸡蛋，这才止住了小家伙的哭闹。

外婆有点儿哭笑不得，还以为这孩子哭闹完全是舍不得离开她呢，原来是舍不得香椿啊。

就这样，外婆和小向浅做了春天的约定。

"我真的舍不得小家伙，如果我跟她们一起去城里，老头子，你就该找不到我了。有几次，我本想跟着小家伙去城里，但我心里又一想，我去了城里，你在家里多孤单啊。我还是在家一直陪着你吧。"

"老头子，春天来了，香椿发芽了，我得去城里看小家伙了。"

每年仲春，外婆都会坐车去城里看向浅，背包里装满两兜香椿芽，盒子里装上二三十个笨鸡蛋。开始的两年，外婆来了后都会住一个春天，既给小家伙做香椿炒鸡蛋解解馋，又花时间多陪陪女儿和外甥女。

城里的生活远比乡下丰富，比如好吃的，小向浅在城里总能吃到各式各样的美食。吃遍各种小吃的小向浅，慢慢地对香椿炒鸡蛋的喜爱淡化了。后来的小向浅再见到香椿炒鸡蛋，几乎没什么胃口，也不怎么动筷子了。外婆带来的香椿吃不完，炒好的也经常只能自己吃掉。

随着小家伙的成长，她和外婆的共同话题越来越少，两个人的语言交流越来越少。春天，外婆进了城，在城里住的时间越来越少，慢慢地减成了一个月，半个月。小向浅放了寒暑假，也不再在老家待整个假期了，住的天数也逐渐减少。最后，假期只有向浅妈妈去看看外婆，外婆整年见不到小家伙一两次。

向浅妈妈见了外婆总会安慰："妈，你别伤心，向浅是想来看您的，就是功课太忙了，您别往多里想。"

外婆又何尝不知道真相呢，小家伙长大了，有了自己的心事了，没时间跟她亲近了。于是只苦涩地笑笑答道："好闺女，妈知道，你自己也挺忙的，以后不用跑这么勤了，我一个人过习惯了。"

"老头子，今年春又到了，香椿树发芽了，但是我不去城里看小家伙了。她不喜欢吃我的香椿炒鸡蛋了。"

"老头子，春天又到了，香椿树发芽了，我好想小家伙啊，她什么时候回来看看我啊？"

外婆一直省吃俭用，平时舍不得吃，舍不得花。她说要多攒点儿钱，等到小家伙长大了，需要花钱的时候给她花。有一回，她狠了狠心，花钱买了一部老人手机。她记得小家伙当时有一个，拿着它和同学们聊天，聊得很开心的样子，她记得小家伙管它叫"手机"。于是外婆心里想着，如果自己也有手机，是不是也能和小家伙聊天，就像向浅小的时候一样。

于是她花了 300 元买了手机。外婆没什么文化，也识不了几个字，岁数大了，记性也不怎么好了。她买了手机后就去邻居家请教怎么用，因为她记性不好，学一遍忘一遍，终于记住了怎么用，可又发现，自己根本不知道小家伙的电话号码。她黯然神伤地放下手机，觉得自己多少有点儿可笑。

"小家伙不想我了，她再也不需要我了。我还是不去打扰她为好。"七十多岁的外婆，眼中不再有星星，觉得天地间一片混浊。

后来，向浅妈妈的事业做大了，回老家的次数越来越少。妈妈想把外婆接到城里来住。外婆听了，笑着摇摇头说，还是算了吧。

"小家伙不需要我了，我去了什么也不懂，还净给你们添乱子，我就不去了，这么一把老骨头了，已经折腾不动了。"

世间的孤独本不可怕，但一旦习惯了孤独，那便真的是世间悲伤的事。

向浅初三那年，外婆再一次带着笨鸡蛋，买了大棚里种的新鲜香椿芽，准备去城里看看小家伙。

已经七十六岁的外婆，眼花耳背。一个人早上四点钟起来，坐汽车去了镇上的火车站。上了年纪的人早就忘了买票的流程，于是就拿着身份证一遍一遍地打听，好几个工作人员正在忙，没人有耐心教她怎么办，还有的乘客嫌她挡路，嚷着让她让开……

后来，在一位好心人的帮助下买了票。上火车的时候因腿脚不利索，后面的乘客抱怨连连，外婆便连声道歉，她看不清车票上的数字，她也不好意思寻求别人的帮助。

一个小时的颠簸，外婆不敢大意，生怕挤碎了袋子里的鸡蛋，压坏了包里的香椿苗。

　　下了城里火车站，她舍不得打出租车，便拎着行李，步行去小家伙的家。因记不清地址，又没有联系方式，她便循着以前的记忆，向路人打听。

　　很幸运，外婆遇见了向浅妈妈的一个朋友，在朋友的帮助下，外婆到了小家伙的家。

　　向浅妈妈看到外婆，连声责怪着："妈，你怎么不提前告诉我一声，让邻居跟我打个电话也好。我直接开车去村里接你。干吗这么折腾着过来，你累不累啊？！"眼神里满是担忧与自责。

　　"妈没事，只是不想麻烦你们，我自己还走得动！我就是太想小家伙了，想来看看她。她初中毕业了，我们快两年没见面了吧。来了，我也好给她做顿饭……"

　　中午，外婆走进厨房，却看到餐桌上已经摆好的饭菜：蒸螃蟹、炒腊肉、烧青菜……

　　看着如此丰盛的午餐，外婆尴尬又苦涩地笑了笑："唉，弄这么多菜干啥，你们也太破费了。我再去炒个香椿炒鸡蛋吧，小家伙之前最喜欢吃的！"

　　"妈，我来吧，您再歇一会儿！"

　　"不用你，不用你，我想亲自给孩子炒！"

　　然而，向浅放学回家看到外婆，并没有表现出一丝惊喜。吃饭时外婆坐在她旁边，一直打听东打听西，老说有多么多么地想她，一边说一边给她的碟子里夹菜……

　　向浅一句话也不说，没有一丝兴趣。

　　"来，小家伙，尝尝外婆做的香椿炒鸡蛋。你之前最爱吃的菜，是用笨鸡蛋炒的，可有营养了……"

　　这时妈妈插话了："向浅，姥姥为你夹菜，你应该说谢谢。

137

怎么见了姥姥不冷不热的？"

外婆再次给向浅夹了香椿炒鸡蛋时，向浅烦了，认为被妈妈责怪，都是因为外婆。觉得外婆自作主张，一直给她夹菜。而她对香椿炒鸡蛋没一点儿胃口。

向浅把原因都归到外婆身上，于是对着外婆大吼起来："炒得什么味儿啊，难吃死啦！"

妈妈的话音未落，就被向浅嫌弃和怨怒的话语打断。只听哐当一声响，向浅把盘子推到一边，盘子顺势滑落到了地板上，啪一声碎了。

"我说了不吃你还给我夹，你怎么这么爱自作主张！"

随着重重摔门的声音，向浅留下的是一个背影。

妈妈刚要起身追过去，外婆伸手拦下了她。

"闺女，没事，她不想吃就不吃。这盘菜确实寒酸。"

"妈，你快别这么说……"

"闺女啊，既然小家伙学习忙，你也整天忙得脚不着地儿，我明天一早就回了。你去找找小家伙，她一个姑娘家的，别出什么意外。对了，你可千万别呵斥她啊，这事不能全怪她。"

"妈，我回头再跟向浅谈，这孩子越大越不像话了。不能再惯着她了。妈，您再住几天，抽空我带您去商场逛逛。"

"逛商场就算了吧，我一大把年纪了，也不需要买什么。"外婆沉默了一会儿，说，"那好吧，明早你去送送我吧，八点半出发就行，你多休息会儿。"

外婆的眼圈红了，整整一夜没有睡。凌晨四点半，天刚蒙蒙亮，外婆收拾好包裹，提着剩下的香椿，离开了向浅的家。

清晨的凉风拂过，外婆心里冷飕飕的，她使劲揉揉眼睛，发红的眼眶有些模糊。也许是因为风大。

六点钟，闹铃响起。向浅妈妈一醒来，便急忙去外婆的卧室。看着空无一人的房间和收拾整齐的床铺，向浅妈妈深深地叹了口气，意料之中又意料之外。她起这么早就是怕外婆独自离开，但结果还是这个样子了。

向浅妈妈看着沾有泪痕的枕巾，以及枕头旁的一沓零钱，终于再也没能忍住，眼泪涌了出来。

向浅正值青春期，她在那段时间里产生了严重的叛逆情绪。那时的她，仗着家里的优越条件，多少有些心高气傲，因此朋友也少；她听不得父母的叮咛，时常发脾气厌恶他们唠叨；她看不起乡下人，更吃不惯农村的家常菜。连着几年，向浅都没有回过一次老家。

那时的向浅情绪低落，成绩下滑，人缘不好，家里的气氛紧张，各方的压力和烦恼压得向浅喘不上气来，她越来越随心所欲，越来越叛逆出格。

叛逆期里的向浅自然没有好的成绩。本是重点高中的苗子，如今却沦落成三流高中生。向浅本来没多在意，反正去哪都是混日子。爸爸妈妈对她失望透顶，没给她好脸色，失望的话不离嘴边。向浅觉得无比烦躁，心情糟糕得一塌糊涂。为了让向浅意识到自己的错误，爸妈停了她的零花钱，这更让向浅一肚子的怨气。

那天，妈妈看向浅对外婆爱搭不理的，于是便数落了几句，不承想捅了马蜂窝……

盛夏的夜晚，静谧而神秘，夜色深沉，街道上的路灯掩映在树冠中，灯光忽明忽暗。

夏风徐徐，吹散了谁的心事，又泛起了谁的涟漪。

所有大张旗鼓的离开，其实都是试探。说到底，不过是在等着被挽留罢了。真正的离开是不做告别的。只是挑了一个风和日丽的清晨，一言不发地离你越来越远。因为真正的离开从来都是静悄悄的，就如真正的痛心是隐匿在苦笑下，轻易不为人所知的。这时的人最心酸，也最痛心。

那天清晨，外婆悄悄地打开家门，提着包裹，转身离去，便是静悄悄的。

"哭什么啊，不就吃香椿炒鸡蛋嘛！"外婆看着向浅。

"外婆，对不起，真对不起！我很后悔当时对您的冷漠。我真的很自责，过了这么多年，我心里一直迈不过这道坎。我越来越自责，越来越愧疚，我真的原谅不了自己，我甚至不敢想象当时您有多么心寒……"

向浅哭得越来越厉害，她开始捶打自己的双腿，又将手举起正要扇自己的脸，外婆一把拉住了向浅的手……

"小家伙，不能打自己，外婆看着会心疼呀，那些事都过去好多年了，外婆早已不记得了。你现在一直陪着外婆，外婆很开心。"

外婆紧紧抱着向浅，任由向浅在怀里抽噎，任由向浅的泪水浸湿衣服。外婆温柔地摸摸向浅的头，一言不发，只是紧紧地抱着，好像一旦分开就会见不到了。

向浅一直哭着，也紧紧抱住外婆不肯松手。尽管外婆一遍又一遍地轻声念叨，说着哄着，"没事了，好了，没事了！""现在你就在我的身旁啊！"可温柔的话语却让向浅更加自责。

"小家伙，不哭了，和外婆聊会儿天吧！"

向浅读高二的一天，她按惯例用学校的公共电话给妈妈打电话，却听到电话那头妈妈颤抖的声音："浅浅，你外婆，她，她不记得我们了……"

向浅到现在都想不起来她是怎么回到老家的，只记得她一下子挂了电话，飞奔到学校铁门旁，哭着嚷着要出去。她只记得走出校门的那一刻，心底爆发出的那个强烈呐喊声："外婆，对不起，我错了！求你，不要忘记我！求你等等我……"

只有在失去时才更懂得珍惜！向浅深刻体会到了失去的绝望和自责。

人类真的是反应迟钝的生物，因为很多时候，只有体会到了挽回的缥缈和失去的痛心后，才会恍然间懂得珍惜的可贵。很多事物都是在失去的那一瞬间，才彻底改变了我们的想法；失去的那一瞬间，让我们抓住了最后一抹美好的存在。

一切的美好是为了存在，而不是为了失去。所以要珍惜现在身边的一切美好，珍惜一切美丽的景色、美好的人与事物，不要等到即将失去时再惋惜自责。

这时我才知道你对我有多么重要，就在即将失去你的那一天。美好不因你的愧疚而存留，在美好的事物消逝之前，愿你尽力地拥抱它，努力地珍惜它。愿你余生的所有珍惜，都不用靠回忆来懂得。

外婆得了老年痴呆症，已经认不出任何人了。向浅冲进屋门的一瞬间，看到外婆正轻轻抚摸妈妈的脸，边摸边小心翼翼地问道："你是我的小家伙吗？"

外婆几乎每看到一个人，都会不厌其烦地摸他们的脸问："你是我的小家伙吗？"外婆忘记了所有人，唯独记得她的小家伙，但是她却永远无法找到自己的小家伙了。

人生这一世，一直在寻找，一直在苦苦寻觅自己以为的正确的那个人，一直在苦苦等待那些所谓的优秀贵人，为此我们也错过了那些身边该珍惜的人，丢失了那些对我们非常重要的人。我们这样那样迷茫地追求，但带给我们的往往是更多的失去和错过，请停下脚步回头看一看，看看那些真正重要的人，你曾经狠心地推开了他们，现在你可不可以跑向他们，紧紧地抱住他们，无须多言，只要轻轻道一句："不好意思，我来晚了。"

后来才发现，喝下去的凉白开更甘甜，半夜写出的文字更有味道，清晨的那碗热粥更暖胃，孤立无援时的想法更成熟……

人总是这样，一路走，一路失去，一路拥有。

外婆再也找不到她的小家伙了。小家伙也弄丢了她的外婆。

外婆已经不知道自己想吃什么了，也吃不进东西了。

向浅看见了她混浊的眼底，似曾相识的感觉冲击着记忆的深处，她突然想到了什么，一转身飞快地跑出去，几分钟之后又拼命跑回来，手里端着一盘热乎乎的香椿炒鸡蛋，右手上多了几个热油烫起来的"红包"。

她舀了一勺香椿炒鸡蛋，放到外婆嘴边，清楚地看见外婆笑了，模糊中又看见外婆张开了嘴吃了下去。烫伤的食指被泪水湿润着，不知是谁的泪，又像是谁心上泛起的涟漪。

林深时见鹿，老树陪古屋，我遇见你，却未能让你留步。

后来的时间，向浅时常牵着外婆的手，走遍村子的角角落落，和熟悉的人打招呼，给外婆讲各式各样的故事。书上写的，大人说的，或者是自己编的，外婆有时开心了，也会给向浅讲故事。故事很简单，内容很熟悉，主人公永远都是小家伙。向浅认真地听着，笑意盈盈，眼里分明含有怀念和幸福。

那天，向浅听完小家伙的故事，哽咽着问外婆："你知道你的小家伙现在在哪里吗？"

"小家伙不要我了，可我一直很想她……"

向浅再也没能忍住，跑到庭院的角落放声大哭："对不起外婆，是我弄丢了你，小家伙未能及时回到你身边……"

你要相信，世界上总有人在默默地爱着你；你要相信，有些人远比你想象的要爱你。哪有什么岁月静好，只不过有人在为你负重前行，就像风筝飞得那么高，是因为地上有人在牵线奔跑!

再后来，外婆坐上了轮椅，向浅时常推着外婆走遍大街小巷，那时的她才知道，原来外婆竟这么轻，搭住她肩膀的手竟那么虚弱。就像牵手外婆时才知道，外婆的手满是沧桑，手上的皱纹多得像是沉淀的岁月。

向浅推着外婆走进菜园子，跟她讲她和外公的爱情故事，给她讲香椿炒鸡蛋的做法。

那天中午下雨，雷声将打盹儿的外婆惊醒。向浅听见外婆嘟囔了一句："不怕，不怕，雷娃娃开始捉迷藏了……"

向浅说："那段时光是世间美好的时光，和外婆在一起的岁月，阳光温柔，云朵可爱，吹过来的风都是甜的。"

向浅说多想就那么一直推着外婆，就像带着她游遍世界。

"我对世界很满意了，世上有落日的余晖，有星辰的闪耀，还有你的温暖。"

万里清风，天际星河；三秋桂子，万里荷花。

"前面就是医院了，小家伙，是时候说再见了。"

看见外婆离她越来越远，向浅想说话却发现发不出声音来，她想拼命抓住外婆，然而一切只是徒劳，她抓住的只是一缕清风。

外婆生命的最后一刻，是因突发的心脏病。这也成了向浅生命里永远的伤痛。

"你看看，在我最后的时光里，你好好地陪了我很久。过去的不快我都忘了，也不在乎你过去的冷漠，我只记得你牵过我的手，推着我走街串巷，讲尽温柔的故事，我还尝过你炒的香椿炒鸡蛋，这些都是我生命最后的光。所以小家伙千万不要自责。我这次回来就是想让你放下愧疚与痛苦。我珍惜你陪伴在我左右的那段时光，说句实话，你牵着我、推着我时，是我一生最温暖的时刻。希望你一定要向前看，因为我会在前方等你。"

向浅看到外婆笑了，笑得释然、幸福、甜蜜、真实，没有伤痛，没有遗憾。

看着逐渐透明的外婆，向浅的泪水止不住流下，但却笑着挥挥手，耳边传来外婆的最后一句话："西屋里有给你的香椿炒鸡蛋，记得吃，记得好好的！"

极尽温柔，恍惚间，向浅好像又看到一个高大的老人，老人搀扶着外婆消失在初阳的尽头。

向浅听见那人温柔地喊了外婆一声"小家伙"。

那个老人就是外公吧，外婆深爱的另一个人。在外公心里，"小家伙"也许是挚爱的表达吧。

原来，"小家伙"是爱称！

向浅看着两人消失的远方，太阳升起来了，万丈光芒粉饰了过去一切的不快，照耀出了美好憧憬。

阳光洒遍世间，希望遍布大地，这是爱开始的地方。爱并未结束，而是以另一种形式陪伴在向浅身边，以另一种形式给予她力量。

向浅回过头，惊喜地看到不远处的顾小念，两人相视一笑。

"昨晚不放心你，跟你一路来到了这里。这种时刻，怎么能放心你一个人。走吧，我们一起去看外婆。"顾小念牵起向浅冰凉的手，两个人向着墓地走去。

向浅失声笑道："还记得昨晚聚会前，你给我打电话说的吗，我说我不再是路痴，你知道是为什么吗？"

"哈哈，这还不简单，我们的大设计师向浅，在国外摸爬滚打了这些年，方向感和记路能力进步了呗！"顾小念有些夸张地笑道，她想缓和一下向浅低落的情绪。

向浅苦笑着摇了摇头，"是我曾经弄丢了外婆，怕再记不住路，下辈子再找不到她了。"

顾小念一下子怔住，紧紧捉住向浅的手，十指紧扣。

向浅的目光坚定、认真，倒是顾小念的鼻子一酸，泪水几乎涌出来。她真的没有想到向浅的答案居然是这样。

"念念，你知道吗？昨晚我看见外婆了，她给我开门，我们像从前那样挤在一个被窝里，今早外婆又给我做了最爱的香椿炒鸡蛋，我像从前一样陪伴外婆散步，我还看到了外公，我听见他唤外婆'小家伙'。我牵着外婆的手，我拥抱着外婆，可我还是没能留住她……就那么看着她变得透明，消失不见了。"

顾小念不置可否地听向浅说，随即又释怀，因为她想起向浅说过的话，近几个月经常梦见外婆，只是这一次的"相遇"，真实又温暖吧。

一阵风吹过，天气变凉了。顾小念脱下自己的外套，轻披在向浅身上。无言的陪伴，只有过耳的风声和抽泣声，向浅不断重复那句话："外婆说她记起我来了，她原谅我了……"

"我又不傻，又何尝不知这是一场梦，我又何尝不知道你早离开了我，昨晚门开看到你的第一眼，我就知道一切都是假的，我居然妄想你能真的留下。可你不怪我，你在那边很好吧，你和心心念念的外公生活得快乐，我便也释怀了，放心了。我何尝不知道你爱我，只是未来得及告诉你，我也爱你，一直没有变……"

黑白照片上的外婆是难掩的温柔与美好，向浅慢慢地蹲下，准备将白菊摆好，却发现墓碑旁有一大把香椿。空气中弥漫着香椿独有的清香，沁人心脾。

菊花从向浅的手中滑落，她发疯似的往家的方向跑，肩上的外套掉落了，可向浅什么也顾不上，只是拼命向家跑去，空留一脸疑惑的顾小念留在原地不知所措。向浅一头冲进房间，一把拉开西屋的门帘，颤抖的手紧握成拳头，紧闭的眼睛缓缓睁开……

西屋的炕桌上，放着一盘热乎乎的香椿炒鸡蛋。向浅不由自主地跪下，号啕大哭，泪眼婆娑间看到了窗外的后院，看到了那棵风中摇曳的香椿树。

香椿树！

它承载着向浅的童年和青春，也承载着外婆的梦想与美好。

向浅笑了，她再也不用谎称自己对香椿过敏了。

外婆去世后，内心无尽的自责和痛苦，让向浅再无勇气踏入这个庭院，也让向浅再无勇气吃香椿炒鸡蛋。

如今，心病已除。

向浅含泪吃完了那盘香椿炒鸡蛋，还是熟悉的味道，一如既往地充满爱。

向浅永远也无法确定，那一晚的拥抱、那清晨的对话、那个身影、那个老人、那份香椿炒鸡蛋是真是假。世间千变万化，真真假假已经不那么重要。只要那场相遇、那份情，真实便好。

青砖伴旧瓦，白马踏新泥，山花蕉叶，暮色丛染红巾。

屋檐洒雨滴，炊烟袅袅起，蹉跎辗转，宛然你在那里。

寻寻觅觅，冷冷清清，乌啼月落，月牙落孤井。

零零碎碎，点点滴滴，梦里有花，花伴青草地。

自从外婆离去后，身影夜夜入梦来。声声漫，声声惹人怜；影影灼，影影揪人心。

那个清凉的午后，初夏时节的香椿树下，老人怀抱一个小女孩，双手高高举起，笑意盈盈地看着女孩说："要记得哟，你的名字叫向浅，每个人读你的名字，嘴角都会不经意地上扬！"

"我离天空最近的一次，是你高高地把我举过你的肩头。"

总有一天，时间会吹散一切，吹散所有的疑惑、所有的愧疚，以及所有的不安，一切不快都将隐去，直至一尘不染。而那些封存在记忆中

伯克利大学校门

　　人生一世，一直在寻找，一直在苦苦寻觅自己
以为的正确的那个人，一直在苦苦等待那些所谓的
优秀贵人，为此我们也错过了那些身边该珍惜的人，
丢失了那些对我们非常重要的人。

147

的岁月，也会在适当之时开启。某个月朗风清的夜晚，待你打开一瓶美酒，淡淡地品尝，深深地回忆。

从黎明到黄昏，你是我触手可及的想念。时间跨度不过是一次遇见和告别，短的是三两行情书，长的是一生陪伴。我们应该做的，不是怨恨离别，而是感激相遇。你在世时，你是我的世界；你不在时，我的世界满是你。

有人说地球之所以是圆的，是因为它想让失散的人团圆。

一位哲学家曾计算过，129600 年以后，所有事物均会重演一遍。你是我 129600 年后最想抓住的美好，你是我 129600 年间生命的光。

III／抓痕

我想人生苦短，恐怕只有当我们每时每刻都在自己热爱的道路上拼尽全力时，我们才有可能用这白驹过隙般的人生在浩瀚的世界上留下属于自己的抓痕！

安 全 感
——胜者夏令营演讲稿

来自全国各地的同学、朋友们：

　　大家下午好，我来自河北衡水，叫张天娇，顾名思义，我的名字取"天之骄子"之意。我今天演讲的主题是"安全感"，希望大家喜欢！

　　那么什么是安全感呢？

　　作为一个学生，取得好的成绩，收获的这种愉悦便是安全感；而我热爱文学，每当我完成一篇不错的小说，这种为了热爱努力而奋斗的过程，便是一种很踏实的安全感。作为子女，得到父母的赞赏，看到父母的笑容，又何尝不是一种简单又美好的安全感呢？

　　其实，作为一名中国人，我们正在享受着一种很多其他国家人民都在羡慕的安全感，那便是祖国给予我们的伟大安全感。

　　也许很多人会说，不是在中国的贫困山区，有很多留守儿童、空巢老人，这一切的一切都不足以证明中国人的强大安全感！曾经的我，也这样认为，但经历过那次非洲之行，我彻底改变了自己的认知。

　　那是去年的寒假，我第一次去了非洲。

　　从机场到城里的那段路，我发现了一个很奇怪的现象，就是几乎我们每经过一段路程，就会有持枪的警卫人员示意我们停车，并要求我们全部下车。他们上车检查我们车上的物品，翻看我们背包内的用品，并对我们进行盘问："你从哪里来？要去非洲的哪些城市？去见哪些人？你的家庭情况什么样？你的性格是什么类型……"说实话，我们感到很不舒服，因为我们只是从中国到非洲游学的学生，我们不应该受到这样的待遇。

就在这个时候我们的非洲领队老师走过来，拍了拍我们的肩膀，"对不起大家啦，我们实在真的没有冒犯大家的意思。"他动情却又小心翼翼地继续说，"我们非洲人民啊，在贫穷中出生，在恐惧中成长，我们不像你们，我们没有一个可靠而强大的政府来保护我们、支持我们，所以我们只能用这种最原始的方法、最有效的方式来保护自己。有时候我们真的只是想保住生命，简简单单地活着，我们真的吓怕了……"

那是我第一次深刻地意识到，人的贫穷并不可怕，可怕的是当一个国家真的无能为力时，无法改变人民的贫困和苦难时，那才是最可怕的，也是最痛心的事情！

读高一的那年，我从衡水中学转到天津英华国际高中就读，认识了一位来自伊拉克的外教。在一次分享课上，他跟我们讲到他的过去。

他说，伊拉克是一个常年内战的国家，并且时刻要面对霸权国家的侵略和攻击。那里很乱，很不安全，甚至极度危险。不过幸运之神似乎一直眷顾着他，在他只有二十二岁的时候，他有了一份稳定的工作，娶了一位美丽的妻子，有了一个可爱的女儿。一家三口幸福地生活着。

然而，就在他二十七岁的那年，他年仅五岁的女儿在一次战争中，被一颗炸弹炸死了，甚至连一点点尸骨都未能找到……

在我们的震惊中，已经六十七岁的老师哭得像个孩子，"我真的非常想念我的祖国，我已经四十年没回去了，已经整整四十年没有回家了。但是我又真的没有勇气，我不敢去面对那片废墟，不敢去面对那些流离失所的同胞……"

那时，我们只有用心去宽慰他、用话语去鼓励他。而他却说了一句让大家沉默的话。这位受人尊敬的老教授对着一群十几岁的孩子说："我

作者在胜者演讲比赛获冠后与张斌老师合影

　　作为一个学生，取得好成绩，所收获的愉悦是
安全感；而我热爱文学，每当完成一篇小说，这种
为了热爱而努力而奋斗的过程，也是一种安全感。

真的好羡慕你们啊。因为你们是中国公民，而我是伊拉克难民。"

从"难民"到"公民"，饱含了祖国多少年的风雨兼程，多少人做出了奉献、牺牲，为我们换来的这一字之差。这就是祖国给予我们的强大尊严，这就是我们作为中国人，祖国给予我们的最伟大的安全感。

在国际会议上，中国人享有属于自己的话语权，这是因为世界认可中国，因为其他国家知道，中国强大了，中国重要了，所以中国人的话，应该认真听取！

作为中国人的我们，始终有一份属于自己的坚定有力的话语权；是全体国民在面对苦难的时候，不需要担心国破家亡的危险！不管发生什么，我们依然能够重拾希望！

我们知道我们有一个强大、可靠的政府，我们坚信我们有一个时刻保护我们的祖国！

我们的安全感，就是作为中国人不管在任何时间、任何地点，都能自信而骄傲地说一句："世界那么大，我想去看看。家里这么好，我随时都可以回来！"

最后，我希望在场的各位同学、老师和家长，将双手高举，高举过头顶，为我们伟大的祖国和这份来之不易的安全感欢呼，鼓掌！

谢谢！

（本文为2019年高二暑假参加胜者演讲比赛的演讲稿）

抓　痕

——第十七届"叶圣陶杯"全国中学生新作文大赛
"全国十佳小作家"演讲稿

尊敬的各位领导、老师，亲爱的同学们：

大家好！我叫张天娇，来自天津英华国际学校。

对于写作，我常常自诩是个"爱写字的人"，我也曾花费很长的时间去思考人为什么写作。

如同博尔赫斯所说："我写作不是为了名声，也不是为了特定的读者，我写作是为了光阴流逝使我心安。"也如杜拉斯所说："身处一个洞穴之底，身处几乎完全的孤独之中，你会发现写作会拯救你。"更如同巴尔扎克对写作的表述："拿破仑用剑没有办到的，我要用笔来完成！"

追随着大师们的思想与脚步，我一步步向前走！我感觉我对写作有一种近乎偏执的热爱，我想其大部分因素应该是源自年少时身边那竞争激烈的成长环境吧！

初中三年，我在衡水三中度过；高中的第一个学期，我在闻名遐迩的"高考大校"——衡水中学度过，其间还有一部分时间是在实验班度过。

在那个作息时间精确到分钟，学习气氛紧张无比的校园中，我感触最深的是与大家价值观的强烈碰撞。惨烈的分数竞争让考试分数成了判定你能力高低最主要、最重要的标准，而当我尝试着与身边的同学去探讨人生时，我收到更多的反馈是：你还是别想这些没用的东西了……

于是，对于不安现状、追求卓越、注重思辨的我，在高中生涯走到六分之一节点时，毅然决然地转学了。

说心里话，离开衡中时内心的焦灼和不舍，唯有自己深深懂得。

我迈着留恋的脚步，一步一步地离开衡中，走进了国际学校。

我清楚地知道，离开了普高后，我面对的将是一条"单行线"，一条没有掉头可能的"单行路"……

我昂起头，即使前方的路再坎坷，我内心依然坚定，我要追求我的梦想——去留学，去挑战更广阔的世界舞台！

立德立言，无问西东！

离开衡中的当天，我就踏进了天津英华国际高中，没有停歇、没有过度，直接就是上课、作业、创作……

于我而言，写作不单单是一种倾诉，它更是一位倾心听我"唠叨"的老友！

我的处女作《愿我们时光依旧，不负相遇》出版后，我又乘胜追击，完成了第二部文集《青春最美，梦想最大》。文集中篇篇文章、句句话语，就犹如是我与另一个"我"的内心对话。

倾心集结出来的这些文字，让我收获了许多点赞与好评。很多读者通过我的微信公众号给我留言，我感触最多的一句是：原来我并不是孤独的存在，通过你的文字，我看到了世界上另一个"我"……

也正是因为这些在心底酝酿、发酵与窖藏了太久的文字，我如愿加入了河北省作家协会，有幸参加了本届"叶圣陶杯"全国中学生新作文大赛，并在初赛获得一等奖，获得了"全国十佳小作家"的提名，更收获了多名评审老师对我第二部散文集的认可和鼓励！

文字让我成功地实现了"倾诉"，而今后，我又该为何而写呢？这是一个让我陷入深思的问题，最终回答我的，则是东野圭吾那本《解忧杂货店》：主人公松冈克郎为了音乐梦想，离家漂泊，而当他迫于生计压力和亲友的嘲讽向父亲表示愿意放弃做音乐人的梦想，回到家乡接管

英华国际学校门口

在英华，发现我自己。

家里的水产店时，他父亲大为震怒："做任何事情都要用尽全力，以自己的方式在这个世界上留下属于自己的抓痕！"

这是我第一次听到"抓痕"这个词语，这时我突然想起狄兰·托马斯的那首诗"Do not go gentle into that good night"，我想人生苦短，恐怕只有当我们每时每刻都在自己热爱的道路上拼尽全力时，我们才有可能用这白驹过隙般的人生在浩瀚的世界上留下一道浅浅的抓痕！

如果，我们生命的长度是人生的长度，我们曾经去过的地方、读过的书算是人生的宽度，那么，我们用文字对这个世界的表达，是不是可以算是人生的厚度呢？三者相乘，是不是就成了我们人生的体积？

我坚信我写下的每一个字都有它的意义，它们在支撑与充盈着我人生的"体积"，它们在刻画时间的轮廓，它们将在我岁月的墙壁上，为我留下一道道抓痕！

未来，我肯定会继续写作，且一直坚持下去，不断做得更好，写得更美！我立志成为一名有影响力的作家，让中华文明的光芒照亮更多读者，照耀更广阔的世界！

2019 年 9 月 15 日

忆高中三年

　　人生一世，不可能只去做自己喜欢的、擅长的事情。只有当我们勇敢地跳出舒适圈，我们才能真正踏上成功之路。当我们去挑战自己不擅长的事情时，我们则正在完成一场自我的蜕变。

　　做自己喜欢的事，是美好；挑战自己不擅长的，更是美妙！

　　高一的上学期末，我从衡水中学转学到天津英华国际高中，这种教育方式和语言环境的改变，一时使我无所适从。初到纯英语教学环境中的我，无法及时理解外教的授课内容。而我为之做出的努力就是利用转学后的第一个寒假，疯狂学习、苦练英语。我每天将自己沉浸在英语氛围中，看英文电影，读英文名著，练英语发音，写英文书评，在各个方面加大到最高的挡位，目的就是尽可能早地让自己的英文水平提高一些。功夫不负有心人，到了高一下学期，我便能很好地适应纯英文教学环境了，并且我的成绩一直保持在年级的前三名。

　　高二的上学期，每周末我都要前往天津市里学习 SAT。从武清区到市里海归湾国际教育，乘坐公共交通工具需要两个多小时。于是我每个周末都需要六点前起床，去公交站牌等候公交车，然后到站再换乘地铁到达市里，最后骑自行车到达目的地。下午六点课程结束后，再花费两个多小时才能回到住处。

高二的寒假，我去非洲参加保护大草原志愿者活动，这一决定让我必须在寒假的每一天，抽出一定时间学习将要考试的知识。在非洲草原的营地中，生活条件十分简陋，为了不吵醒大家，每晚我都会去客厅，借着昏暗的灯光学习。早上六点半还要准时起床，去保护区进行调查和工作。

　　由于开展多项课外活动，我没有充足的时间学习雅思和SAT。高二的这两个学期，每天我都在紧张的课程中度过，既要复习当天所学，又要在晚上熬夜学习课程外的考试，并且陆续前往北京、香港、吉隆坡参加各种标化考试。同时，高二时我还面临着会考，会考科目我也要付出不少的精力；还有，高二的加拿大课程成绩，是大学申请必备的条件！各种科目的学习、各种科目的考试，汇聚在一起，使得我高二的学习生活异常辛苦。

　　高二的暑假，我本应将雅思和SAT学好，以拿到优秀的成绩。但是，由于国外申请大学需要丰富的课外活动经历，我和爸爸沟通后，便在一个假期里规划了文学夏令营、写作比赛、演讲比赛，以及留学规划、未来发展规划的专项指导课程。从七月初放假开始，一直到开学后的第一个星期，我的夏令营及其他比赛就一直没有停歇过。

　　高三开学后的第一周，我独自前往美国参加了SAT考试，孤独的我远在异国他乡，想到没有做好充分的准备，还想到越来越近的大学申请季，再加上参加整个暑假活动的疲倦，各种压力和负面情绪杂糅在一起。临去SAT考场前的四个小时，我还没有丝毫入眠的迹象，那是我人生记忆中的第一次失眠。

　　我无力地关上客房所有的电灯，将自己封闭在黑暗的卫生间里，坐在地上，泪如泉涌。心理上的我几近崩溃，我深深地感觉自己的无能为力，没有办法排解内心的巨大压力和恐惧。

　　高三的上学期，是我记忆中最为黑暗的一段时间，那是我真正在心理和身体上达到极限的阶段。高三伊始，便是从未间断的大学申请，要准备大学所需的无数文案，在无比忙碌的学习中，更要抽出时间完成十余封文书及众多资料的编撰。

九月，紧张地筹备英国各大学的申请；十月，认真复习 SAT 和雅思考试，以及自学 SAT2 的课程；十一月到十二月，每周都有一场重要的考试，而且考试的种类和地点又各不相同：前往北京考雅思、前往吉隆坡考 SAT、前往香港考 SAT2。十一月，还要准备香港各大学的早申请以及加拿大大学的申请；十二月，完成美国大学的申请。

因为要学习的科目和内容实在太多，既要准备考试，又要保证我的目标成绩年级前三名，我需要付出更多的时间和精力去学习、去巩固。为了便于通宵达旦地学习，我和同学在学校对过租了房子。从十月一日开始的很长一段时间，我都是连续每天凌晨三点多睡觉、早上六点起床。尤其是周末，更是彻夜不眠。

长久以来我的身体不断对我表示抗议，频繁亮起了红灯。先是视力的下降，然后就是连续不吃饭造成的胃痛，最后是因为饮用咖啡与功能性饮料较多，以及长期的熬夜行为造成的轻微心脏问题。

而在心理方面，我也承受着巨大的压力和痛苦。我无比刻苦地学习，将各项成绩尽力维持在最优，但这些竭尽的努力和付出，换来的却是牛津大学 2019 年十一月初给我的拒信。雪上加霜的是，同学们陆续收到英国各大学录取通知书时，我仍然没有 Offer 的到来，依旧一无所获！

一无所获！

这样的心理落差让我一下子丧失了自信心，我的心好像掉进了冰窖，我开始责问自己、质疑自己，我开始认为我的竭尽全力是徒劳的，或许我的努力是毫无意义的……

如此焦灼的心情让我心灰意冷。这个时候，我的 SAT 成绩下来了，我不敢去打开网页、我不敢再次面对无情的现实！可上天就是这样折磨我，几天后，我还是知道了那并不争气的 1360 分。怎么办？怎么办？不够藤校的底线呀！还有最要命的是，已经临近高三上学期的结尾，我已经没有时间，也没有再考一次的机会了！

各种的不畅杂糅在一起，在那个北方寒冷的十一月，我近乎绝望。我该怎么办？

也许相声里说的是真的，哦，不是也许，那就是真的。"人在不顺的时候，喝口凉水都塞牙。"

那天晚上，我在回租屋的路上，一个不小心跌倒了，从小区湖边的台阶上跌落了下去，等我停住滚落时，我的脚已在水里。最后医生的检查结果是除了外伤外，还有轻微的脑震荡！

缠着纱布的右手，让我上课记笔记都成了难题。而偏偏此时，又恰逢最关键的加方课程期末考试。

我的天啊！我这是怎么啦？

在这个陌生的城市里，我要忍受孤独和一切痛苦，忍受一切悲伤，自己要不断地抵抗挫折，不断地在一次又一次的打击中挺住，撑起渺茫的希望和已渐松动的信念。那时，我感觉我的日子只是无尽的熬夜，只是无穷的付出，却丝毫看不到任何回报，但又无法且不敢停下脚步。

万幸！悲观的我还有可亲的明老师、朱老师，以及 Mr.Renwick 等众多良师。我还有一群亲爱的同学们，以及理解我的父母。在我发呆的时候有人给我讲笑话，在我痛哭的时候有人静静地倾听，在我抱怨的时候有人正能量地开导我。他们对我的关心、开导，让我能够在当时那样恶劣的环境和心境下，擦干眼泪，继续前行。

虽然之后苦尽甘来，可每每回想起这三年，我都会心存感激与庆幸。庆幸那个小女孩在那么艰难的情况下，依然坚强地付出着；欣赏那个小女孩即使忍受着痛苦和自我怀疑，也依然选择了再试一次，再付出一些，再等一等。

高三的那个我，是一个无比坚强的我，是一个无比成熟的我，是一个我很佩服和喜欢的我。

谋事在人，成事在天。经历了这些艰难和付出，我相信努力终会有

肯尼亚地狱之门国家公园

　　走过那么多路，我更加坚定地相信，真正定义
我们的从来不是那些舒适圈中的美好和成就，而是
那些让我们付出无数心血的痛苦与磨炼。

回报。我们不能只是狭隘地认为，所谓的回报就是荣誉和成就。在那段我没有被大学录取的时间里，我收获了来自同学和老师们无比温暖的关心、鼓励，而这些真情远比成绩更弥足珍贵。

高中虽是短暂的三年，而我却恍惚过了数十年，好似走了无比遥远的路。

走过那么多路，我更加坚定地相信，真正定义我们的从来不是那些舒适圈中的美好和成就，而是那些让我们付出无数心血的痛苦与磨炼。正如哲人所讲："你对失败的态度，决定了你未来的高度。"只要保持善良和努力，相信一切都是最佳的安排；只要坚守理想与良知，自己总会在将来的某一天收获属于自己的荣耀！

功不唐捐，玉汝于成。

IV／化蝶

　　渺小的变化在积累着惊艳质变，平凡的脚步在丈量着遥远旅途。我遥望着他人非凡的成绩，也时刻审视着自己的光亮。我终于相信了，就算是石头，焐久了，也会有心的炙热，我终于等来了化蝶。

"叶圣陶杯"全国中学生新作文大赛专访

——喜报来了！第十七届"叶圣陶杯""全国十佳小作家"张天娇被世界顶尖大学录取

喜报来啦——

张天娇，第十七届"叶圣陶杯"全国中学生新作文大赛"全国十佳小作家"，日前，她收到伦敦大学学院、华盛顿大学、爱丁堡大学、多伦多大学等多所世界名校的录取通知书。

天娇父亲致电组委会，感谢"叶圣陶杯"大赛及老师们的鼓舞和教诲。在此，我们对天娇表示衷心的祝贺！

收到喜讯，我们对张天娇进行了微访谈。

接下来就让我们走近她，了解她的学习和生活，与她一道回顾她的文学相关历程，展望未来世界，记录参加"叶圣陶杯"大赛的点滴，在回忆中体会文学的苦辣酸甜。

叶杯：恭喜你收到这么多高等学府的录取通知书。在这激动的时刻，你有什么感想？你将选择哪一所高校，这样的选择承载着你怎样的希望？

天娇：我曾经以为收到心仪大学的录取通知书时，心情会非常激动和喜悦，然而我的情感远比那复杂得多。首先应该是感动和感慨。收到伦敦大学学院录取通知书那一刻，我非但没有开心地跳跃起来，反而热泪盈眶一时无语。那一瞬间，高中以来的一切压力、挫折和努力，一幕幕在眼前浮现。这些很难用文字和语言去表达，真的，只有自己经历过才能真正体会到。

我就读的国际高中，其压力不只是学习。因为还涉及出国，涉及不同的文化，总感觉有一个不确定的未来，这种未知和陌生感让一个受到挫折的人更加彷徨和不知所措。因为一直有远大的理想和不服输的性格，所以我独自学习了好多额外课程。高中三年，我经历了无数次失意、迷茫、挫败，也曾深深地质疑过自己，也确实曾想放弃过。

在同时学习三种语言课程的那段时间，我孤独而坚韧地努力着。我常常是一天不足三个小时的睡眠，更有一次次地在绝望中咬牙坚持，在步步艰辛和迷茫中，擦干眼泪坚持学习。

我认为最大的磨难就是自我质疑，我有时也会对自己失去信心，对未来失去希望，认为即使拼尽全力也不会有结果，我曾质疑努力的意义。这些从大洋彼岸飞来的录取通知书则告诉我：有努力就会有收获。如果暂时没有收获，那就是时机未到或是努力还不够。

之前我听过很多"人定胜天"之类的豪言壮语，读过不少"我命由我不由天"之类的励志文章，但我的经历让我觉得，最深刻的真理应该是"尽人事，听天命"。这不是一句消极认命的话，因为"听天命"的前提永远都是"尽人事"，这也就让我更加坚定了自己的人生信条。

这些磨难成就了如今的我，这些成就带给了我荣光。我想我热泪盈眶的原因还在于，我真的曾拼尽全力，我不曾后悔，也不曾留有遗憾。一个善于努力的人，终会寻到未来那片属于自己的星辰大海。

面临众多的大学选择，我决定去英国的伦敦大学就读语言专业[①]。一是，我相信伦敦大学学院作为世界前十的高校，其教育水平和文化氛围是毋庸置疑的，所以我在享受优秀课程的同时，还可以深入感受良好

---

① 因其他原因，作者最后就读伯克利大学的文学与科学专业。

浓郁的文化氛围。我认为这将是一次深入到性格甚至灵魂修养提升的机会。

二是，英国是一个具有绅士风度的国家，这与我们祖国的"以礼强国"的理念相合，我想在一个有风度和涵养的国家留学进修，会优化我的内涵修养，会进一步磨炼我的意志力和执行力，并且给予我未来毕业后更宽的纬度去感悟社会。

关于语言学专业的选择，我认为，文学的意义是真正地唤醒社会，唤醒人的良知与觉悟，而我不想被学院式的文学课程禁锢住创作思想，尽管我对文学有着极其浓厚的兴趣，最终还是决定学习语言学。毕业后，我想做一名同传翻译，如有可能的话将会去联合国机构实习一年。同传翻译的工作通常需要全世界奔波，以了解各种会议以及世界性的大事，我坚信未来的经历会使我拥有更广阔的视野和更丰富的阅历。到那时，我依然会有自己的创作热情和风格，可以以一种更广阔更开放的视角写出更有高度、更有意义的文字，投身于编剧或作家的事业中，让更多的人感受文学带来的震撼与感悟。

叶杯：你有什么兴趣爱好，请讲一讲这些爱好。

天娇：我的兴趣爱好很广泛，像阅读、写作、相声、歌曲、演讲、吉他、钢琴、书法、绘画、极限运动，这些我都有所涉猎。

在这众多的爱好中，阅读给我带来源源不断的感悟和思想，之前我比较喜欢张皓宸的"轻文学"，就是一些温暖却同样蕴含道理的故事。这些感人的故事陪伴我度过了一段艰难的时光。

最近我开始阅读历史类书籍，像《明朝那些事儿》。这样的历史类书籍不但不枯燥反而很有趣，更重要的是，那些特立独行的历史人物，他们丰富多彩的经历给我深深的震撼，让我的思想变得愈加成熟和坚韧。这些伟大的历史人物用一生去诠释所追求的理想和信念。他们让我坚信，人的一生唯有两样不可丢弃：理想与良知。

我对演讲很感兴趣，虽没有经过专业训练，但在第一次的演讲比赛中便夺得了冠军，我这才意识到一场好的演讲贵在真诚。足够的阅历和深刻的感悟使得演讲拥有独特的魅力，演讲也能给听众以无限的力量与启发。

还有，我钟爱相声和写作。一次偶然的机会，我接触了德云社这个中国知名的相声团体，便一下子沉浸在中国传统文化的底蕴与魅力中，我被郭德纲一路艰辛从未放弃的坚韧所打动，被他知世故而不世故的通透所吸引。德云社的每一位成角的相声演员，均沉浮隐忍数年，却仍坚守纯粹的初心，他们的那一份执着与热爱，更加坚定了我坚持文学创作的信念。

写作是我坚持文学的一个见证。最初接触写作，是因为写下自己的心声后，会带给自己思想上的解脱和慰藉。后来我的创作中无不展示着我对这个世界的见解和看法。

鲁迅先生曾以笔为武器，唤醒那个年代人们麻木心灵中的良知与热血。我认为虽然如今是和平年代，但人们也同样需要依赖文字的力量去传递温暖、颂扬美德、揭露丑恶。文学贯穿在从古至今的五千年文明史中，以后文学的魅力更加无穷尽。

文学蕴含着深刻的哲理，也表露着世间的美好；文学颂扬人性中的善，使人们在物欲横流的世间看透真相；同时文学也揭露人性的黑暗，让人们深刻思考和反省自己的贪婪与恶念。

叶杯：在这快节奏时代，人们常常追求高效。请你谈谈你的学习和生活，每天做哪些事情，怎样合理安排时间来提高学习质量？

天娇：我认为不管是学习还是工作，甚至包括做任何一件事情，最重要的是自主性，就是如果想在某个领域上取得成功、有所成就，那么就必须有充分的动力和热情，动力热情源于自主性。要明确自己为什么要去做，然后发自内心地去喜欢、去热爱，最终就会以一种心甘情愿的、竭尽全力的下意识去完成这件事。

在学习中，自主性可以带给我们高度的自律，而自律能力正是高效学习的关键。我小学、初中、高中都明确地认识到努力学习不是为了取悦家长和老师，是为了给自己争取到更喜欢、更向上的未来人生。所以我很努力地学习。专注和自律是我学习取得成功的关键。

如今，我拿到多所名牌大学的录取通知书，确定新目标后我仍坚持努力学习，扩大自己的阅读量，以及去观看一些世界新闻以及深层次的哲学书籍，在获得内在提升的同时，更加明确和坚定自己未来的方向。

我一直坚信，人生的每一个阶段都有其最主要的事情，我们一定要做好这个阶段的最主要的事情，然后在此基础上提升自己的修养和扩大内涵，不要逾矩，不要去打乱我们人生的规律，不要做不属于这个年龄段的事情。

制订计划也是一项提高学习效率的好方法。每一天开始学习前，我都会制订今日的计划。最好是标注出先后顺序，以及预计完成的时间和要求，但也要给自己留出一定的余量。我认为计划一定要切合实际，不要好高骛远高估自己的办事效率，也不能低估自己在自律情况下的学习能力和效率。

叶杯：请讲述一下参加"叶圣陶杯"全国中学生新作文大赛的经历。比如在初赛或决赛中，你怀着怎样的心情，做了哪些准备工作？

天娇：我想，文学是一门需要无止境地学习与探索的学科，所以写作不是一蹴而就的事情。我之所以选择参加"叶圣陶杯"全国中学生新作文大赛，首先是对自己的阅读量以及写作能力有自信，当然了，我也是忐忑不安的，虽然我自诩是个热爱写作的人，但除了学校作文老师外，还从未接受过专家的点评指导，对于自己的文字是否被大众所接受或是否被他人所喜爱等问题，仍不甚了解，这也是我参赛的目的之一。

在比赛前夕，我只是适当增加了我的阅读量，我已经走过了那段记忆佳作、范文的阶段。读高中后，我在阅读他人的文字时更侧重于生发自己的见解和感悟。

还记得，"全国十佳小作家"的决赛现场在扬州。在决赛的前一个晚上，我去扬州的古街小巷放松心情，真正地感受了一下扬州的风土人情，这也让我在第二天一早的决赛写作中，有了更好的状态。我认为写作不是靠记住多少佳作范文，完成多少华丽辞藻的堆砌，而是需要多阅读、多思考，真正体会作品的表述与意境，真正感悟这个世界上的人与事，感悟身边与社会上的悲欢离合，在轻松专注的状态中创作出标有自己特性的文章。

叶杯： 请你谈谈参加"叶圣陶杯"全国中学生新作文大赛对你在文学方面有哪些影响？文学之于你的人生，又有哪些方面的深远影响？

天娇： "叶圣陶杯"全国中学生新作文比赛的经历对我的成长，甚至对我一生都有深远的影响。

"叶圣陶杯"全国中学生新作文比赛是一个极负盛名的写作大赛，也是我参与的第一个专业性很强的写作比赛。在大赛中，我第一次接受了文学专家的点评，第一次接受了读者的考核，而最终得到的认可与奖项，让我在比赛前的那颗惴惴不安的心得以平静，这无疑给了我极大的鼓舞，更加坚定了我的文学道路。

另外，我印象最深刻的是"叶圣陶杯"大赛前夕的专家讲座，在一场场讲座中，我看到了许多优秀作家以及文学爱好者的独到见解。其中，彭敏老师给我留下的印象很深刻，他引经据典，出口成章，幽默风趣，侃侃而谈，话语中不时引用一些诗词佳句。这是我曾经梦想一身才气的样子，古词诗句、传统名言信手拈来。在他的讲解下，我再次体会到中国古典诗词文化以及传统文化的绝美魅力，决心要在今后的文学探索道路上格外注重传统文化的学习与研究。

在这些作家和诗人身上，我看到了他们对文学事业的执着与热爱。文学世界是一方很纯粹的天地，为它付出得越多，自己的收获也越多。因此我已确定了我的文学道路计划及理想。

诗词的美感和历史的底蕴让我知道传统文化是中国文学的根基，一直以来，中国古代的诗词文化是我涉足最浅的部分，这也让我的文字缺少些许韵律美感和底蕴气息。而彭敏老师的讲座则坚定了我学习探索诗词文化的决心，它将为我的文学道路打开一扇新的大门。

作者在西安大唐芙蓉园

　　"成长是什么？它就是主观世界与客观世界之间的那条沟，如果掉进去了，那叫挫折；如果爬出来了，这就是成长。"

"叶圣陶杯"大赛的这一经历正潜移默化地影响着我，它给予我一股坚毅的力量，让我更加热爱文学，坚持写作，让我真正下决心去坚持文学创作这条纯粹的文学之路。我将在这条道路上，风雨兼程，不惧任重道远。

编后记：优秀二字不足以形容天娇。访谈中，我们可以看到她夺取骄人成绩的硬核：她遵从自己的内心，发奋读书，努力拼搏。在祝福天娇的同时，也希望她成为莘莘学子的标杆，希望她的理念及学习方法能为学弟学妹们所借鉴，希望她的以大汉王朝为背景的剧本尽早面世。

化　　蝶

　　回首上高中的三年，我想我最大的收获就是重新拾起了写作，并且坚定了我对文学的追求，而这一点也正是我要着重感谢英华学校的一点。因为有了那些文学课程的设置，有了老师们的大力支持，我才有了创作时间，重新开启创作逐梦之旅。

　　读国际高中之前，我从来没敢想能在高中阶段加入省作家协会，加入中国散文学会，当选"全国十佳小作家"，甚至还出版了文集。

　　之前我只是喜欢写作，梦想当个作家，如今梦想照进了现实。

　　十八岁之前，我跨上了文学梦想道路上重要的一阶，能取得这些成绩，每每想起来，都觉得十分激动。

　　其实，这些不仅仅是一个个荣誉，对我来说更具有非凡的意义。因为文学写作是我的热爱，是我将为之奋斗一生的事业，这些成绩给予了我莫大的鼓舞与力量，它让我相信了自己的能力，更让我树立了坚定的信念，让我在热爱的文学道路上坚定信心，砥砺前行。

　　英华国际高中的课程设置，让我充分锻炼了各项能力，像人际交往，像微电影导演，像视频拍摄、剪辑，像人物采访，像如何面试，像如何妥帖地展示自我等，如此多种多样的实践活动，都将成为我未来岁月中的一段段美好的记忆、一枚枚珍贵的瑰宝、一块块成长的奠基石。

参加非洲志愿者的实践、到联合国驻肯尼亚组织的访问，对非洲贫困小学进行捐赠，一项项活动都提高着我对世界的认知。这是一种灵魂的实践成长，是一种责任与担当的培养，让我的格局一步步提高。

我想，我高中的三年应该是没有遗憾的，香港大学是我心仪的大学，伦敦大学学院是我奢望的大学，伯克利大学是我梦想的大学，现如今梦想都已成为现实！

之前我也梦想去读哈佛、耶鲁大学，有梦想的驱动，终将有不错的收获。我虽与耶鲁、哈佛大学失之交臂，却能就读伯克利大学。

收到伯克利大学录取通知的那一刻，我瞬间感觉身轻如燕，我的一切努力都没有白费，为了各种标化考试而天天熬至凌晨两三点的日子算是有了硕果。

从申请文学研究到同声传译，再到生物专业、法律金融；从意愿的国家英国，到美国、加拿大，再到新加坡……兜兜转转，转转兜兜，最终的落脚点，还是选择了自己最初的梦想：伯克利大学。

我想，我的高中三年如果用八个字表述的话，它们就应该是：坚持热爱、不忘初心。而我同时也希望学弟学妹们去努力体味这八个字。

　　我是一个很喜欢做计划、很喜欢做规划的人。记得在我读小学三年级左右的时候，爸爸给了我一张很大的卡纸，让我写下未来想做的事，然后一步步引导我，制订出很明确、很详细的计划。记得我当时的想法是长大后当个服装设计师或当个金融家。我现在还留着那张计划，它就珍藏于书橱的最高处。

　　我清晰记得那些目标的时间轴，为了实现哪个目标，需要具备什么样的能力，自己应该做哪些努力。然后是小学怎么学习，初中怎么读书，高中如何考试，大学怎么确定专业。工作从一开始要如何办，达到什么年龄要有什么样的突破……

　　后来，慢慢地，慢慢地，我发现，我从小到大一直喜欢的是文学与写作，所以我开始重新规划自己的人生。

对于文学未来的规划，我也经历了好多次选择，因为文学领域涉及面很广，像作家、记者、新闻编辑、宣传策划文案等。我最终选择的是去当一个编剧，因为我认为文学与影视的结合，可以称之为视觉与心灵结合的艺术。当一个国家的艺术事业发展时，这个国家的文明就会空前繁荣。而如果有了机会，我会全力尝试导演的工作，所以我大学的规划是围绕文学编剧专业展开的。

对于大学的规划，我同样也很有感触。

美国大学实施的是通识教育，即使我选择的是文学，但在读大一时，我还是要学习那些属于理科的科目，比如生物、化学、物理等。

在大一的暑假，我计划前往清华做交换生，大二我会自学几门课程，然后用来抵伯克利大学的学分，大二或者大三，我计划前往耶鲁或者哈佛这些藤校做交换生，争取在三年内本科毕业，然后选择读美国大学的直博，像哥伦比亚大学戏剧文学院、耶鲁大学的戏剧编剧学院，以及 UCLA 的导演系，这些科目都是我的梦想所在。

对于未来呢，我只能说，我会奉行对文学和编剧事业的热爱，坚持勇往直前。

我可以详细规划我的大学计划，但我不想详细规划我的未来。未来是不确定的，步入社会的挑战是没有办法预测的，何况编剧和导演专业这些对女生本就有偏见的行业，我会不惧艰辛，不忘初心，坚定地热爱下去。

而我也很清楚地知道，我的大学规划是美好的，就读的学校是优秀的，这就要求我比考取伯克利大学前更努力地学习，同时我也有信心去实现它们！

在我一无所有的时候，我成功获得伯克利大学的 Offer，而我在拥有了伯克利大学这个优秀的平台时，我想实现新的目标，不再遥远！

永远要努力，永远要优秀，永远相信自己可以。之前，我总是不好意思说我的梦想，总觉得它听起来很美好，也会让别人觉得不切实际，而伯克利大学的精神点醒了我："你要相信从诞生时起，你就是改变世界的人，所以上天指引你来到伯克利，伯克利也会指引着你走向更远的未来，实现你更广阔的梦想。"

　　不忘初心，坚持热爱。希望在实现自己梦想的道路上，百尺竿头，更进一步！

作者在天津大悦城

永远要努力，永远要优秀，永远相信自己可以。

圆梦大学

这是一道选择题，可我全家做了三个月。十四所大学的二十个 Offer 选其一。

如何做出最后的选择？

二十个 Offer

在刚刚过去的申请季，我申请了亚、欧、北美三大洲的大学，包括新加坡、英国、美国、加拿大等五个国家及地区二十多所的大学本科，截至目前我收获了十四所大学的二十个 Offer。

回忆往事，心中是五味杂陈。

接下来，我来梳理一下，在这二十个 Offer 里面，是如何选择出合心的大学和专业的，希望对将要留学的学弟学妹们有一点儿帮助。

录取院校及专业：

（一）英国

伦敦大学学院（QS8，语言学）

爱丁堡大学（QS20，英国文学）

曼彻斯特大学（QS27，英国文学）

（二）中国

香港大学（QS25，文学）

香港大学－伯克利大学双学位（QS25，东亚文化研究）

香港科技大学（QS32，生物、金融）

香港城市大学（QS52，人文、法律）

（三）美国

伯克利大学（USNEWS4，文理科学）

华盛顿大学（USNEWS10，比较文学）

威斯康星麦迪逊大学（USNEWS37，文学、生物）

俄亥俄州立大学（USNEWS45，文理学院）

加州大学戴维斯分校（USNEWS64，文学）

（四）加拿大

多伦多大学（QS29，生命科学）

西安大略大学（QS214，艺术和人文学、理学）

麦克马斯特大学（QS146，人文学、生命科学）

选　校

第一轮：粗筛——选国家

我一直认为大学是人生的重要节点，所以我不想到一个没有去过、没有直观认识的国度去读书（之前曾游学于除加拿大之外的其他国家和地区），所以首先将加拿大放弃。

然后我们用的是排除法，按照学校的综合实力，先把世界大学综合排名三十以后的大学去掉。虽然排名不代表一切，但这些大学总体还是没有世界 TOP30 的大学综合实力强。

放弃排名三十以后的大学，这时的 Offer 还有英国伦敦大学、爱丁堡大学、曼彻斯特大学，香港大学，伯克利大学、华盛顿大学。

其中放弃香港科技大学的原因之一是港科大给出的择校截止时间太早，香港城市大学也是。

接着，我按照国家及地区各留下综合实力更好的学校，这样就只剩下伦敦大学学院、香港大学－伯克利大学双学位、伯克利大学了。

在选择排除的过程中，因放弃香港大学文学专业的 Offer，我还曾掉下了不舍的眼泪，因为港大是我由衡中转至天津英华国际学校时许下的愿望，也是我中学时期的梦想学校之一。

第二轮：细筛——分析学校

经层层筛选，目前剩下的只有三所学校：

香港大学－伯克利大学双学位（QS25，东亚文化研究）

伯克利大学（USNEWS4，文理科学）

伦敦大学学院（QS8，语言学）

1．时间安排、风险分析

三所大学各有优势。

香港大学－伯克利大学双学位：先去距离家近的地方学习两年，在更加成熟时去美国读大三、大四，四年中可就读两个名校，在两种不同的教育环境中学完本科，毕业即获得两个本科学位。而且上港大也是我曾经的梦想。

伯克利大学：先接受通识教育，可以先不确定专业，将获得四年更扎实的本科学习。

伦敦大学学院：三年本科，学习时间短，能更早地进入研究生阶段的学习，而且费用相对低一些。

在先排除一个的三选二环节，经过反复比较、分析、沟通，终于狠心排除了香港大学－伯克利大学双学位。

一是，双学位开出的条件是 GPA 平均不低于 96 分，虽然期末拿到 96 分有可能，但是拿到 96 分也实属不易，那毕业前的这四个月，肯定会非常艰苦，尤其高三最后的这个学期。还有，因新冠肺炎疫情，导致学校加拿大课程一直是网课，毕业考试分数不确定性很高。

二是，在这个学期校长想让我担起导演社团团长一职；学校的毕业典礼由我担当导演，而我还想抽时间尽早去预习一下大学的课程。

最后，从时间安排、风险分析等角度考虑，只好忍痛放弃了香港大学－伯克利大学双学位 Offer。

2. 幸福的烦恼

接下来就是两所大学二选一了，即使接下来有可能收到加州大学洛杉矶分校、香港中文大学、新加坡南洋理工大学的 Offer，但对该两所学校不会形成很大的冲击。

（1）伦敦大学学院

伦敦大学学院简称 UCL，1826 年创立于英国伦敦，是享誉世界的综合研究型大学，在多个大学排行榜上位居全球前十，是英国 G5 超级精英大学之一。

UCL 是伦敦的第一所大学，以其多元、尖端的学科设置著称，于 REF2014 英国大学官方排名中居全英之冠，并享有英国最高的科研预算；拥有国家医学研究中心、马拉德空间科学实验室、盖茨比计算神经科学中心等前沿机构，人文学院颁发的奥威尔奖是政治写作界的最高荣誉。

收到伦敦大学学院的 Offer 时，是我有史以来情绪最为低落的时期，那段时间我身边的同学不断收到新的 Offer，而我申请的大学却迟迟没有回音……

我清晰地记得，当爸爸电话告诉我我已被伦敦大学学院录取时，我哽咽着说不出话来，泪水夺眶而出。泪水中包含着胜利的欣喜，包含着曾经挫败的辛酸，更包含着几个月来学习到凌晨两三点的艰辛……

收到伦敦大学学院的 Offer 后，我曾接受"叶圣陶杯"全国中学生新作文大赛组委会的专访，我为自己的大学未来做了规划：本科毕业后申请牛津大学硕士研究生，然后去联合国实习、工作，人生目标是在同传领域做出一定的成绩！

安逸的寒假生活如在水中滑行，这天，我收到了伯克利大学和香港大学－伯克利大学双学位的 Offer。

大学学习语言学，还是文学专业？此时，选择的天平上，文学追求为文学一端加上了一枚不轻的砝码。

（2）伯克利大学

伯克利大学，即加利福尼亚大学伯克利分校，位于美国旧金山湾区伯克利市，是世界著名的公立研究型大学，在学术界享有盛誉，位列2019 年世界大学学术排名第五。

伯克利大学是加州大学的创始校区，以自由、包容的校风著称。伯克利大学是重要的研究及教学中心，其物理、化学、计算机、工程、经济学等诸多领域均位列世界前十，与旧金山南湾的斯坦福大学共同构成美国西部的学术中心。

新顶尖大学 Offer 的到来，实属不易，我估计也将是国内申请世界TOP30 大学录取的典型案例。原因是我的 SAT 标化成绩刚刚够线！伯克利大学 SAT 门槛是 1350 分，而我 SAT 成绩是 1360 分，基本是压线过，后来更是知晓有 SAT 考了 1570 分而被拒的同学。

想来伯克利大学更看中的是我自小就一直坚持的文学创作及现有的成绩吧。

我自小学便爱写一些东西，自初中开始投稿，参加文学比赛，多次获得文学征文比赛一等奖、特等奖；2019 年入选了河北省作家协会会员，2019 年获得了"全国十佳小作家"荣誉等。我想也正是这一坚持多年的爱好以及现有的成绩，打动了招生官。

如果伦敦大学学院的录取主要是因为我 7.0 分的雅思，平均 96 分GPA 的话，那么伯克利大学的录取则应该主要是因为我写作的坚持和成绩吧。

我想，如果选择伦敦大学学院，我会沿着语言学的道路走下去，因为英国的大学更换专业很难。

我一直认为大学是人生的重要节点，一定要好好地选一选。

选择伯克利大学，则选择了通识教育，大一年级不分专业，虽然原本没有思考过，但是从大二年级开始学习自己热爱的文学专业，也是一件幸福的事情，而且我觉得美国的通识教育也正是自己想要的。

通过进一步的了解、分析，感觉在伯克利大学读本科，然后读直博更符合自己"不断挑战自我"的精神诉求。

再就是选择伯克利大学，实习、就业的资源和机会非常多，还有我计划辅修的商科，在伯克利大学也是非常优秀的。伯克利的商学院全美第三，仅次于宾大和MIT。

（3）费用

对于伦敦大学学院的三年本科学习和伯克利大学的四年本科学习，虽然从静态对比来看，就读于英国相比美国可能费用低一些，但是从动态来看，也可能并非这样。因为我计划在大学的四年中将会用一个学年甚至一个半学年交换到哈佛、牛津、清华等大学学习。

（4）咨询

自己的分析、家长的了解、家庭成员间的沟通依旧还不够，我们又找了一些了解这两个学校的学生、老师、朋友帮助分析决策，又找了几个均在英国、美国大学读过大学的学哥、学姐讨论……

最后得出选择依据的"核心点"：英国大学的专业性更强，美国大学的通识教育更佳，选择哪一个，要看自己的追求和人生规划。

最终答案

我想以后走文学创作、影视编剧的道路，想去好莱坞实习……我终于下定决心就读伯克利大学！

家长赞同我的选择！至此，一道全家人做了三个月的选择题终于得出了最适合自己的答案：二十个Offer选其一，选择就读伯克利大学文理与科学！

向上向善好青年张天娇

——《中国青年》杂志专访

关于爱好

中青： 请问天娇你多少岁开始喜欢写作，是如何接触阅读和写作的？谈一下自己喜欢写作的契机吧。

天娇： 关于阅读和写作，我坚信它们是彼此相辅相成的。"读书破万卷，下笔如有神"，一个爱阅读的人写出来的文字是有温度、有思想的，而在不断写作、不断创作的进步中，也需要通过阅读来挖掘自己思想的深度、拓展思维的广度、捕捉更多的灵感。

小时候我并不是个喜欢阅读的孩子，就像东野圭吾在他的自述随笔集《我的晃荡的青春》里写到的，小时候并不觉得读书像大人说得那么有意思。

我爸爸是个很爱读书的人。在我小时候，他坚持每天晚上给我读各种故事书，讲很多有趣有道理的故事，久而久之，我也对书中的故事产生了兴趣，从此也喜欢上了阅读。

我小学的语文老师朱老师非常注重学生阅读，还曾精心为我们挑选了一套叫《日有所诵》的丛书。于是从二年级开始，我们就不断地从这套书中接触儿歌、故事、寓言等不同类型的作品，在这书香氛围浓厚的环境里，我也就渐渐地尝到了阅读的快乐，这为我的写作也奠定了一些基础。

我在获得了一些写作方面的奖项后，也开始回想自己究竟是从哪个年龄开始对写作产生兴趣的。与其说是一个特定的时间，还不如说是一个从兴趣到热爱而潜移默化的过程。

上小学的时候，我是个比较内向的小女孩，不敢主动去交朋友，也不知道如何跟别人表达自己的想法。朱老师鼓励我写日记，通过写日记记录自己的生活，所以我经常在日记中抒发自己的情感和心情，日记成了我可以随时倾诉的对象。每一次写完日记，我就感觉心情轻松、愉悦了许多。

朱老师还会专门为我们讲如何写更好的作文。在小学时期，我的作文还不错，是班里数一数二的。

我记得当时有一篇作文，我描写了我的妈妈。在作文中我以真情实感，描写了妈妈有时候脾气很大，但在我有困难时，她又总是温柔地指导我。记得那篇作文用了很恰当、很有趣的比喻和排比，被选作年级里的范文，当时看着同学、老师都在认真阅读我的作文，我第一次体会到自己作品被肯定的自豪，这种感觉也让我愿意主动去学习、去进步、去写更好的作文。

上了初中，初一的语文老师杨老师鼓励我们多看一些关于作文的刊物，我当时订阅了《作文与考试》，在阅读的过程中发现了自己写作上的不足，于是便开始试着写一些能打动人心的散文，也有了比小学更深一些的主题。

初中的时候，我的外婆、外公相继离世。他们是世界上最疼我的人，当时我无法接受这个事实，每天都会默默地流泪，但也就是在那个时候，我开始在作文中描写对他们的思念和感激，回忆我和他们之间的一些往事。最真挚的情感和最真实的记忆，让我写出了动人心弦的文章。

初中时我的作文频频被当作范文，这更加鼓舞我坚持写作。在那个时候，写作对我来说有着深刻的意义，它不仅是一种倾诉，更是一种生活的记录，在写下来的字里行间，我似乎总能抓住流年，留住不断消逝的时光。

这样一步一步地循序渐进，写作的意义对于我越来越重要，而我对写作的热爱也越来越强烈。从小学到初中，我对写作经历了从喜欢到热爱再到追求的过程。

中青：你平时喜欢阅读哪些书籍？哪本书使你受益匪浅？请简单地谈一下（获得的启发，认知，和对自己写作的帮助）吧。

天娇：在不同的年龄阶段，我喜欢的书籍是有所变化的。在小学阶段，我跟很多同学一样，很喜欢看各种各样的故事书还有《十万个为什么》，当时最喜欢的就是童话故事。从那时开始直到现在，我还是坚信世界上真的存在童话世界，它就在一个不为人知的角落里，而且永远守护着童真与奇幻。

这其实是我内心深处主观上想要去相信这个世界上一切美好的希望，而这也让我在自己创作的文字中总是含有真善美的元素。

上小学的时候，我经常尝试阅读不同种类的书籍，比如诗歌、散文、小说，这些多元文化的输入，丰富了我对写作手法和题材的认知。

在初中的时候，受中考书籍导读书单的影响，我开始接触国内外的名著，不管是极具中华文化之美的四大名著，还是传递坚韧革命毅力思想的《红岩》《钢铁是怎样炼成的》，再到西方文学的经典之作《巴黎圣母院》《童年》，这些不同类型不同文化背景的古今中外的作品不断拓宽我的写作思路，打开了我对世界的全新认知。

上高一的时候，社会掀起了新生代作家创作的热潮，那段时间我很喜欢阅读张皓宸、卢思浩、大冰的文字，它们给了我温暖和美好。我也通过阅读这些书籍不断优化写作技巧和表达技巧。

2019年新冠肺炎疫情暴发，我不得不宅在家里，有了更多的读书时间，我开始阅读历史类书籍和日本作家东野圭吾的侦探系列小说。这两类书籍对我的写作影响像是一个重要的转折点，不论是我的思想还是文笔都有了一次重大变化。

东野圭吾的作品让我爱不释手，颠覆了之前我对侦探推理作品的认知。之前我对推理小说的认知，就像东野圭吾前期的本格类推理小说，是缜密的、逻辑的、严谨的。看过东野圭吾社会类推理小说后，我有了更深刻的认知。比如《嫌疑人 X 的现身》中的石神所说，"逻辑的尽头，是我用生命奉献的爱情"，我觉得东野圭吾笔下的逻辑尽头，不仅是冰冷残忍的真相，更是以无数希望和爱筑成的真情与温暖。

《白夜行》是东野圭吾最受大众欢迎的，也是我很钟爱的一部作品。故事里面数不清的悬疑和暗示，让我不由自主地惊叹东野圭吾逻辑思维的强大。主人公桐原与雪穗之间的故事和情感，也一次次深深地打动着我，这对命运悲惨的人儿，十九年来不离不弃地陪伴着彼此，他们有着相似的灵魂——残酷、孤独，但也单纯。

我愿相信平行世界的他们平凡而又温暖地依偎着彼此而活。

"我觉得人生就像在白夜中行走"，这是"白夜行"的含义，就像桐原对雪穗的守护——明明自己身处黑暗，却要拼了命地为你争取光明。东野圭吾笔下的故事总是现实而浪漫，在打动读者的同时，也让我们体会到不论世界上看似多么阴暗的角落，也都会有温暖与希望。而这本书带给我的是一种文风上的蜕变，之前我经常绞尽脑汁想用华丽的辞藻，堆砌动人的故事，但东野圭吾的文笔却是朴实又真实，关键时刻用一句精练的台词或者内心独白升华主题。叙述故事以朴实做铺垫，用经典的文字出光彩，在一瞬间彻底打动读者。

我反省自己从前的文字，或许句子读起来很华丽，但是这样堆砌字词的文章是没有温度、没有灵魂的。应该学习东野圭吾的创作理念，用朴实的文字记叙真实的故事，给读者足够的时间沉浸在故事中，然后用经典简短的话语深深地打动读者。

此外，东野圭吾笔下的世界是现实的，不只是光鲜亮丽的温暖世界。

他关注那些看起来平凡的故事，那些看似黑暗的社会角落，然后去挖掘其中能予人以希望的光点，这就像是在残酷的现实中找到闪光的浪漫。之前我总是刻意避免写世界上的那些不公平，避免写社会冰冷和阴暗的一面，总想用文字去宣示这是个充满温暖和美好的世界，但我发现我的认知太狭隘了，真正的作品并不是无视那些不美好，而应该在真实中找寻美好。世界本身并不完全是光鲜亮丽的，它是一个多元化的复杂世界，有不公、有冰冷、有残酷。文字的意义就是从中发掘那些温暖的希望和真情。

从东野圭吾身上，我决心要做一个真实的人，用朴实的文字，找寻角落里的浪漫。

如果要说到目前为止，对我影响最大的书籍是什么，那绝对是当年明月写的《明朝那些事儿》这套丛书。

在我上小学的时候，爸爸就鼓励我读这套丛书，我也无数次看到爸爸在书桌前阅读这套书，他时而眉头紧锁，时而叹气惋惜，时而眼眶红润，神态变幻莫测。我当时不解，区区几本明朝历史的书，怎会如此惹他触绪牵情。待长大了一些，便经常听到父亲饱含深情地在我耳边讲述该丛书中的一段段历史。因此，对我来说，这是一套既熟悉又陌生的书。虽心中有着对它的期待，但却不知道其中的内涵。

疫情防控期间，不得不在家自行隔离，平日忙碌总有事，浮生偷得半日闲，我终于有时间翻开《明朝那些事儿》了。也正是从翻开书的那一刻起，我便沉浸在明代王朝坎坷震撼的历史之中。

我从未想象过一个王朝的历史竟能被写得如此有趣生动，也第一次真正地体会到了"读史明智""以史为鉴"的内涵。就像作者明月当年的自述，这是一套"不那么一本正经的正史"，在一段段生动的历史事件中，我逐渐沉浸其中。明朝无数历史人物，亦正亦邪，却都特立独行，他们的故事不断启发我变得更加成熟。

在当年明月的笔下，我看到的是一个真实客观的大明王朝，是一个个有血性、有情感的历史人物。

郑和教会我人生要有信仰。浩浩荡荡的大明船队，势不可当的庞大气势，但他在沿途坚守"和平"的外交信念，收获了沿途各国对大明的真挚崇敬。"其国去中国十万余里，民物咸若，熙皞同风，刻石于兹，永昭万世"，那日他在古里刻下的丰碑，在历史长河中永远闪烁着和平友好之光。

郑和教会我什么是民族气节。郑和的船队带来丰富的贸易品和进贡品，虽然他们军事实力雄厚，但从未主动侵略过谁，坚信友好使命，从不仗势欺人。在西洋各国人们的心中，大明王朝的人是"友善的给予者"。六十多年后，一支由达·伽马率领的舰队也来到古里这片土地，他们疯狂进行掠夺并占领主权，各国人民视这群西方探险家为"邪恶的掠夺者"。暴力可以一时解决问题，但蛮横的政府是不可能稳固的。当时强大的大明朝在拥有压倒性军事优势的情况下，仍能够平等地对待沿途小国，给予而不是抢掠，和平而不是战争，让我由衷地感叹大明朝的大气。强而不欺，威而不霸！这才是一个伟大国家和民族应有的气度！

徐阶教会我成大事需隐忍，看到自己清廉、正直的恩师夏言被奸臣严嵩陷害，徐阶并没有像别人一样当即站出来公开进谏指责严嵩。所有人都谴责徐阶忘恩负义、毫无胆量，但只有徐阶清楚严嵩权倾朝野，若想真正打败奸臣为恩师报仇，方法只有一个，那就是接近严嵩，找到他的弱点与把柄。徐阶隐忍了数十年，遭受着周围无数的谩骂与嘲讽，但他最终一举铲除了严嵩一党，终为恩师彻底报了仇，为国家清除了贼官。与那些直言进谏没有结果反遭迫害的官员相比，徐阶清楚自己的目标，为了实现锄奸报国之目标，他以常人难以想象的毅力和信念一直隐忍着。

通过徐阶的故事，我反观遇事不冷静，只有冲动不讲策略的自己。真正的成功是需要一种非凡毅力的。这不仅仅是在挫折中坚持，更是在众人不解中隐忍，这样的徐阶，是需要我慢慢去读懂、去学习、去品味的。

杨涟教会我"纯粹"。儿时，经常听爸爸说，我们都是不撞南墙不回头的人，但是杨涟是撞了南墙也不回头的人。杨涟为了坚守心中的道义和正直，忍受了无数残暴丧失人性的酷刑，他别无他求，只希望大明王朝不要落入奸臣魏忠贤之手。他只是一个官职并不高的官员，但是在封建社会那浑浊的官场，他敢于站出来去否定邪恶宣扬正义，即使他牺牲了，但是他的勇气和行为终究还是鼓舞了无数有良知的人。最终，魏忠贤被众臣弹劾，得到应有的报应。就像作者当年明月所说，"原来历史上真的有这么一个人，他不求钱财，不求富贵，不求青史留名，只是为了正义，为了百姓的安康，为了这个信念，他甘愿献上一切，有慨然雄厚之气，万刃加身而不改之志"！

杨涟，千年之下，终究不朽。

一代名臣张居正教给我"人生要有坚定的追求"。花花世界，世事无常，我们一生总会面临无数诱惑，有舍才有得。但不论遇到任何事情，我们都要坚信，人的一生有两件事情不可丢弃——那便是良知和理想。

于谦教会我做人要有"正气"。"粉骨碎身浑不怕，要留清白在人间"，他最终以一生践行了他的千古誓言，直到被奸臣冤枉斩首之时，他仍昂首挺胸，无愧于天地正气。

崇祯帝教给我"骨气"。纵使他勤勉理政，但大明王朝"气数已尽"。清军攻入皇宫的前一刻，他自缢于万岁山歪脖树下，他以自杀坚守住了大明王朝的最后尊严，宁死不做阶下囚、亡国奴，在他生命的最后，留下了一句"诸臣误朕，朕死，无面目见祖宗，自去冠冕，以发覆面，任贼分裂，无伤百姓一人"。除此之外，传奇帝王朱元璋的逆天改命，靖难成功的朱棣的宏图大业，一代圣贤王守仁的"知行合一"，都带给我无数感触与思考。

即将成年的我，已不再是生活在象牙塔里的小姑娘，已知窗外的世界不是非黑即白，不是非奸即忠。我在慢慢客观地认知这个世界，开始接受世界的不完美，在黑白之间认知其他色彩。《明朝那些事儿》则加速了我的这种转变。它虽然是在说史，但更多的是在讲历史中的人——

一个个充满感情的人，一个个闪烁人性光辉和弱点的人。

张居正是权臣，但是他生活奢华，也会以权谋私；海瑞清正廉明，但是能力平庸，政绩有限；戚继光战绩卓著，但他结交权臣。我们站在蓝天下，沐浴着阳光，但是身后肯定有影子。我们要学会接受一个事实，那就是没有人是绝对完美的，要容忍世界上那些与自己不同的人，也要去释怀自己性格和行为上的不足，我们都不是圣贤，何况就是圣贤也会犯错。生命的意义就是不断成长，不断蜕变成更好的自己。

世界并不都是鲜花和掌声，但也绝非黑暗得让人绝望。我们要清醒地认识到世界的不完美，然后终其一生与不完美抗争，并奋力前行，从而成就这个世界的美好。

《明朝那些事儿》让我意识到，我应该为我的作品注入思想。在这套书里，作者当年明月总是尽力客观地描述每一历史事件、每一历史人物。他站在自己的角度写下他对这些人物的思考，在一些名臣抑或奸臣故事的结尾，他会用几句话概括出此人的一生，而这些文字作为点睛之笔让这整套书有了深刻的思想，恰到好处的几句话能引导读者深思这些人和事背后的道理。我认为在我今后的写作中，也要加入一些更深刻的主题思考，而且要控制这些思考话语的篇幅，不要将关联度很宽的道理和哲理一股脑地堆在一起，而是应该写几句精练的经典来引导读者自己感悟其中的内涵。

中青：你在创作过程中怎么获得灵感的？谈一下自己写作的初衷。

天娇：我一直觉得很多时候，我的创作灵感都是一下子从脑海中冒出来的。都说艺术来源于生活，我觉得创作就是这样的。

生活的点点滴滴，遇到的人与事，经历过的事情，都会让我有想记录下来的意识。平时写一些散文和随笔的灵感，其实都源于我自己的经历，尤其是上国际高中这两年多有很多很独特的经历，我都把它们记录了下来，让我的读者看到我生活的多彩和多样性。高三这一年，我拼搏付出的努力，申请国外大学的一些心得以及克服挫折的经历也让我写出了一些打动人的文字。

　　另外就是读书和看剧看电影的启发。在读书时，也许作者的某一句话会触发我的灵感开关，我就会由这句话出发，打开我的思路。细想如果我是这个人物，我会怎样处理这件事，又或者我会以这个故事背景出发加入我自己的风格去写出一段不一样的故事。

　　我的梦想是成为一名优秀的影视编剧，所以我平时也会关注一些好评的经典剧或者新剧和电影。这些剧里的情节可能会给我灵感，但是我的灵感往往是角色的情感，我会更多地去分析剧中人对这件事的情感，比如这个情绪反映出来的如果是成年人，往往会有一种隐忍的坚强；如果是青春期的孩子，可能会有脆弱敏感的心情，这些都是创作所需的灵感。

　　最近，我在写一部小说，一部关于理想与权谋的历史题材长篇小说。我在创作这部小说的时候，往往就会考虑到：一旦电影拍摄出来，这个情节是怎么样的，那个桥段是如何展现的。这种思考往往会使我在小说描写中增加更多细节。

　　旅行也是我获取灵感的一个来源，都说一方水土养一方人，不同的地方有不一样的风景。婉约柔美的江南水乡，荒无人烟的西北荒漠，鳞次栉比的繁华都市，这些不同特点的风景会让人生出创作不同故事的灵感。在旅行中听到的传说和故事，见过的风土和人情，也会为我的作品注入鲜明的地域特色。

　　每次产生灵感的时候，我都会将这些想法记录在手机备忘录里，隔段时间再来整理备忘录里的灵感，又会有不同的感受和创作思路。我利用这些琐碎的灵感去创作散文、创作短篇小说，在写每个故事的时候都有不一样的感受和心情，故事传达的主题和情感也会有所差异。将细碎的灵感整理成篇，本来就是一件很快乐、很有收获的事情。

　　至于写作的初衷，我最初写作的理由很简单，就是将自己的日记当作可以倾诉的对象。

在《天才在左　疯子在右》这本书里，作者高铭写道："语言和文字是一种思维病毒，因为它们能改写大脑回路——包括自己。"在我日常的写作中，也经常会发生这样的事情：每当因为一件事情感到愤怒和不平时，随着用文字不断记录我的心情，我对这事的怨气也会慢慢地减轻。写作就像一次自我疏导和反省的过程。有时我也会被自己文字中的道理所折服。每次写作的时候，即使前一秒心情焦躁，写作起来也就会慢慢地平静下来，而这也算是我坚持写作的初衷和理由。

后来，写作便成了一种习惯，成了记录日常生活、抒发内心情感的依托。如今成了我的热爱和追求。疏解心情的初心没有变，只是想更好地利用文字，让更多的人感受语言的美好和愉快，让高铭口中的"思维病毒"舒缓读者的心。

中青：疫情改变了我们的正常生活，也带给我们更多的深度思考，你是怎样看待这场疫情的？

天娇：突如其来的疫情彻底改变了人们的生活方式，居家隔离的人们纷纷开始了远程办公和学习。

高三下学期，我选了四门难度较高的理科，本以为线上学习的方式会让我很多问题无法请教老师，但线上学习的效果远比我想象得要好。学校有专门上传作业的网站，每个班级也设立了不同的 Edmodo 学习的账号，也有定期通过腾讯视频和 Zoom 开展的答疑课，且线上学习还省了在学校寻找教室、往返宿舍、来去食堂路上的时间。一个国家的科技实力往往表现出他们在处理突发灾害时的能力。我想中国的科技已实现了这一点。远程办公让我看到了未来工作的另一种可能，这样的办公方式也许会在未来随着网络科技的再进步而得到更完善的利用。

疫情中最震撼我的莫过于政府和人民的执行力了。也许，作为个体无法设身处地地想象国家做决定时的艰难，也无法感同身受武汉人民的心情，但无数事实证明国家的每项决策都是无比正确和及时的。

一直无法用文字表达我的震撼之情，看到全国人民坚决执行政府的决策，那种执行力度足以让每一个个体为之自豪。史无前例的封城决策，一步步让国内疫情得到了有效控制。

在网上看到武汉解封视频的那一刻，我瞬间感动得热泪盈眶，这场无硝烟的战争在胜利的那一刻，值得所有人感动与骄傲。疫情暴发后，火速奔赴疫情第一线的医护人员，是最值得我们敬佩和学习的，就像网上广为传颂的那句话"哪有什么天生的英雄，只有挺身而出的普通人"。很多勇敢的医护人员都是年轻人，在父母的眼中还是一些刚刚懂事的孩子，可他们义无反顾地穿上了"战衣"，学着前辈的样子"勇敢地冲上前线"。

这世上没有天生的英雄，只是因为有人需要，才有人敢于奉献、愿意牺牲，成为保护人民、保护国家的英雄。

当我看到钟南山院士在采访中饱含热泪，我相信我们都能体会到他的真情和不易，也都会发自肺腑地尊重崇敬他。

看到一封封的请战书，终于明白世上哪里本就有"岁月静好"，只是有人替我们负重前行，这群医护人员用血肉之躯在病毒与我们之间筑起了一道坚固的"城墙"。而社会的各行各业，大家都在尽自己的所能支援前线医护人员，服务居家隔离的人们。我始终相信那句话，"你站立的脚下就是你的祖国，你怎么样祖国就怎么样"，反之亦然。正是有了这样伟大的民族，才会有那些甘于奉献、勇于奉献的英雄人民。

作为一名国际学校的学生，我很关注世界的疫情状况，而我看到中国向各个疫情重灾区国家伸出援手时，即将出国留学的我，心中生起无限的感动与自豪。我想，这样可靠、强大的祖国永远站在我的身后，无论之后在国外遇到怎样的危难与挫折，我都能有骨气、有信念地坚持下去，直至载满荣光归来报效祖国。

除了对国家的感动与震撼，我觉得我们也要站在整个人类的角度去看待疫情。

记得当时疫情暴发时，在网上观看了纪录片《血疫》，那是美国抗击埃博拉病毒的纪录片，而女主在纪录片结尾说的一段话，至今让我记忆犹新，"埃博拉，就像是地球的免疫系统，当人类破坏大自然的时候，这条毒蛇就会被释放出来，从而达到新的生态平衡"，"地球已经意识到了最具破坏性病原体的存在，那便是人类。即使他们面对自然环境做怎样的破坏，新出现的病毒也会继续变异并存活，当病毒卷土重来时，只会比之前更加强大"。

让每个人见世界、见自我、见众生。当我们面对这个越来越扑朔迷离、复杂纷乱的世界时，你我所能做到的无非是展现内心的至真、至善、至美。唯愿智慧与体面不灭，随我辈生生不息。

这场突如其来的疫情，让我震撼于国家的强大与人民的伟大，感叹科技进步带来的益处，让我们重新思考人与自然最和谐的相处模式，让我们看到了灾难面前人性中闪烁的光辉，那些温暖与奉献，终成为这场灾难不灭的希望之光，照亮了疫情下我们的恐惧灰暗心灵。

中青：在这次疫情中，你是如何积极调整生活状态的？请举例说明一下。

天娇：突如其来的疫情打乱了我寒假的学习计划，这计划是为下学期制订的，四门难度较高的理科，也让我倍感压力，好在学校及时采取的远程上课措施，制定的方案也让我比较安心。

虽然学习中会存在诸多问题，比如无法及时找到老师进行解答，可是万物皆有利有弊，网课反而增多了跟同学们一起讨论难题的机会。后来慢慢觉得，同学之间的讨论十分有效。因为同样作为学生的我们，可能更理解彼此间疑惑的点。在家里学习，没有老师的监督，没有班级里浓厚的学习氛围，开始学习效率是有所下降的，在那段时间里，因学习拖沓，而不得不熬夜完成作业。但后来我意识到了，效率低下会带来情绪的焦躁，于是给自己制订了详细的学习计划，将每天的学习任务分解成很多小任务，从而提高学习效率。

居家隔离的日子里，没办法外出，闲暇之余也不能像往常一样去电影院或是去公园散步，但也正是无法外出的契机让我有了足够的时间，阅读了心念已久的整套《明朝那些事儿》，以及东野圭吾的几部作品。在潜心阅读的时光中，烦躁的心情逐渐得到平复，充实了自己的内心世界。在科技飞速发展的新时代，在争分夺秒快节奏的竞争环境里，唯有文学能让我获得平静。

本来计划在高三下学期周末，多去找朋友们聚一聚，因线上学习方式让我们只能靠网络来彼此慰藉。因为这场疫情，我有了更多的时间来陪伴家人，就像我妈妈说的，女儿长大后，第一次半年时间日夜陪伴。对于即将离开祖国去留学的我来说，这是一段无比珍贵的记忆。有家人的相伴，天大的困难也不用担心。

由于疫情，我们取消了毕业典礼等无比热闹的线下毕业活动。一开始，我们感到无比惋惜和伤心，但后来也是同学们彼此开导，总说这是一次绝无仅有的线上毕业典礼，我们的毕业典礼也因为特殊而显得更加珍贵。这场线上毕业典礼将永远是我们记忆中无比特殊的经历。

关于 2020 年全国向上向善好青年

中青：你怎样看待这次"全国向上向善好青年"推选活动的获奖？讲一讲背后的故事。

天娇：据我了解，这次评选的标准不只是作为一个青年所拥有的奖项、成就和突出的学习成绩，在疫情中所做出的贡献，也是重要的参考标准。所以当我获得奖项的时候，除了自身的文学成绩被人认可，还有一种奉献得到肯定的成就感。

作为一个高三学生，我既无法像医护人员一样奔赴前线，也无法像店主、业主那样保障居民的物资供应，更无法拿出巨款捐献给抗疫事业。但在举国抗疫之际，我也想尽自己的一份力量。

即使是学生，也应为抗疫做出自己的贡献。我的选择是发挥自己的写作特长，主动为学校的"声援武汉"活动撰写声援稿件——《冬日已尽　暖春即来　山河无恙　国泰民安》，并组织整个学部的自愿捐献活动，安排每个年级负责人做好统计和记录，核对后交由选定的负责人。我们利用筹集到的四千多元，购买了一批口罩及一些一线最需要的物资，通过官方指定渠道邮寄到武汉。此外，我负责统计整理学部在疫情防控期间展开的一系列声援活动，比如征文比赛、海报评选，以及云课堂和学习小组的建立。在班级，我多次独立完成了班会PPT的制作，协助班主任做好同学们的心理教育，做好每次班会的记录、总结。

在旁人看来也许这些都是微不足道的小事，但我觉得这是在紧张的学习之余，作为一个学生所能尽的最大努力。哪怕我写的文章，我组织的活动，只能帮助很少人，那也是我为抗疫做出的一份贡献。

记得在创作《冬日已尽　暖春即来　山河无恙　国泰民安》这篇声援文章时，我写道："医者仁心的大爱，使他们无比坚强地守护在抗疫第一线！""摘下口罩，多少张布满勒痕的脸庞；脱下防护服，多少副筋疲力尽的身躯！""这群描伤口如花朵，抬泪眼遥望远方的人，不会被打败！""愿凛冬散尽，黄鹤楼上观汉江澄澈，已是新篇；愿疫情速散，武汉城中赏樱花烂漫，一如从前；愿年过春来，街铺门前来碗热干面，谈笑风生。"……

如果我记得没错的话，我曾经修改该文差不多有十遍，很多用词和描述被一次次地推敲，文章从我擅长的散文风格，逐渐修改到偏正式的声援格式，既要做到如散文一般打动人，也要有新闻一般的精练和准确。对一篇文章更改许多次，我想这是一个热爱文学的人对声援武汉一种特殊的尊重与重视。

作为"全国向上向善好青年"推选活动中唯一获奖的中学生，我身上背负的期望和责任也格外沉重。大家对我的肯定、支持、鼓舞，我将更加努力地做好一个学生应该做的。

这个奖项的设立与评选，让我体会到一个人仅有成绩和荣誉是不够的，人生的意义在于奉献。不论从事什么职业、不论在什么地方工作，唯有奉献才能实现人生真正的价值。

中青： 请你说一说，生活中感动自己的两件真善美的事情（可以是自己，可以是他人，突出人性真善美与社会和谐的真实故事）。

天娇： 真善美不仅是我作品中一直重视的元素，更是整个社会应该具有的、正确良好的价值观导向。在我的理解中，真即是真实，善为善良，美便是社会上那些温暖而美好的存在。

作为一个很喜欢写作的青年，我很喜欢观察和感悟生活。我遇到过很多让人感动的真善美事件，这些事件也在引导鼓励我坚持做一个诚实、热情、善良的人。

高二年级的寒假，我去了非洲内罗毕大草原自然保护区，参与一个大型的志愿者活动，我在那里，收获了很多难忘的经历。做完自然保护区内一系列记录和学习活动，我们便前往保护区附近的一个村庄，帮助村民们建造灶台。因为那个村庄有很多贫困人家，他们家里都没有做饭用的干净灶台。我们的工作就是自备材料帮他们做简易的灶台。

那天我穿了一件很简朴的深色衣服，用小推车运送水泥和陶灶台。我生平第一次和水泥、第一次垒灶台，当时非洲的天气干燥炎热，稍一活动便会汗流浃背，我用铲子将和好的水泥抹在土陶灶台上。因为不太会用铲子，我干得很慢，最后，为了提高效率，我直接用双手涂抹，手掌在粗糙的水泥和土陶表面摩擦。当工作结束时，手上早已被划得道道血痕。即使这样，我也没在意，一心思考如何能更快、更好地帮助村民们。

当时光渐晚，大家走在找车的路上，突然看到了一座破旧不堪的房屋，一个步履蹒跚的老奶奶从屋子里面走了出来，那一刻，我们虽早已筋疲力尽，但依然一致决定再帮助老奶奶搭建一个灶台。

大家本来已疲惫不堪，看到这位老奶奶时便点燃起激情，于是再次重复那套动作，而且还将灶台基底搭得稍微高一些，因为担心老奶奶弯不下腰去。搭建完灶台后，我们提议将屋子里那块残缺的墙壁补上，于是又去较远的地方搬了砖头，帮老奶奶补好了整面墙，虽然砖墙与土墙间难免有点儿缝隙，但是比之前好多了。

工作结束后，我们打算离开，却看到老奶奶跑过来，步履艰难而匆忙，我们急忙迎了上去。老奶奶频频点头，手也上上下下摆动着，眼眶里还泛着泪花，这时的我们才明白，老奶奶没有说话的能力。我看到老奶奶没穿鞋，光脚踩着地上的沙砾和石子，于是将包里的那双弄脏的平底鞋换上，趁老奶奶不注意，将这双还较干净的鞋，悄悄放到她家的门口。

路过小卖铺我进去买了一大瓶水，一口气喝了个精光。现在回忆起来，那水很甜很甜。

那天晚上，我坐在营地的院子里，跟非洲领队聊天。"我们这样帮这里人砌墙、搭灶台，已经坚持做了十二年了。"我记得他用不太流利的英语跟我说，"我没啥大的愿望，就是希望身体结实点儿，帮更多的人搭灶台，让他们能够做好饭，能够吃上干净的饭！这份工作我还想再做几个十二年。"

在那个物资匮乏的偏远地区，在那个被世界忽视的角落，也不乏人在坚持奉献与付出！

我的家乡在河北，我在天津读高中。从家到学校有着三个小时的车程。同时，父母为了我更早地学会独立，常常让我自己在天津生活。

记得高二上学期，我的学习任务很重，考试密度又很大。一次，我独自从天津去北京外国语大学考雅思。因口语考试和笔试分两天进行，我想利用中间的时间来好好复习一下，所以在一个比较小的旅行箱里，放了很多雅思书，整个箱子非常重。上了高铁，我发现车厢连接处存放行李的空间都满了，只好将行李箱试着举起来放到座位上方的行李架上，但由于箱子太重，试了三次都未能举起行李箱。而就在我无助时，一个叔叔站起来一边说"我来帮你放"，一边帮我将行李箱放到了行李架上。我向他道完谢后，发现他并没有坐在我旁边，他的座位与我隔着两排。在快要下车的时候，我正打算提前将行李箱取下来，那个叔叔又主动起

作者在英华国际学校教室

　　让自己做到积极向上，善良温暖，遇到挫折要及时调整自己的心态，始终相信希望存在。

身，走过来帮我取了下来，我再次向他道谢，依次下了车，而那位叔叔就走在我的前边。我正准备再次向他表示谢意时，他看着我手中握着的雅思书笑了："我女儿去年也来这里参加雅思考试，现在她已经在英国读大学了！"

"虽然我不认识你，但遇见就是缘分，你这么用功一定可以考出好成绩的！雅思考试加油！"他说完便离开了。

那时，我背负着巨大的心理压力，唯恐自己考不好，在陌生的路上，遇到一个热情的陌生人，他愿意一次次帮助我，并向我表示肯定、鼓励和祝福。每当我想起这件事就觉得很美好，陌生人的祝福与温暖，本身就是世界上很美好的存在。

中青：你怎样定义向上向善的概念？

天娇：对于向上向善的看法，我最初认为这只是针对自身，但如今我觉得这应该也是我们对他人的影响。向上向善，首先要让自己做到积极向上，善良温暖，遇到挫折要及时调整自己的心态，始终相信希望存在。"勿以善小而不为"，在自己的岗位上尽一份力量，去付出、去奉献、去帮助更多的人。

向上向善，也是我们应该去影响别人的品质。相比其他考取加拿大大学的同学，我要同时准备美国、英国、新加坡等不同国家的大学申请资料，参加更多的考试和课外活动，所以我所承受的压力和受到的挫折比他们都多。在我遇到挫折时，他们鼓励我；当他们遇到挫折时，我会真诚地去鼓励他们。面对困难，我坚持过来了，我收获了优秀的成绩，而我也希望他们能收获属于自己的荣耀。

我经常在微信公众号上发一些亲身经历的文章，而朋友圈也有很多鼓励的话来激励我，总有读者或者朋友说看完我的文字后，感觉我是一个具有正能量的人，所以要以我为榜样。也正是这个时候我才明白，向上向善从来都不仅是自身应具备的优点，我们更要去影响别人，去成为一个向上向善的人！

关于写作

中青：你在写作中取得的一些成绩，及其背后的故事有哪些（挖出背后的故事，可以是同学间的鼓励，可以是师生情，也可以是自己的付出或者家长的爱等，突出向善向上的主题）？

天娇：其实，我目前在写作中取得的成绩，也只是现阶段稍微让自己满意而已。

高中一年级时，我出版了第一部散文集《愿时光不负我们相遇》，而第二、第三本散文集也完成了排版、校对，正在办理出版手续中。第二本书里收录了我的第一篇短篇小说。从高三寒假开始，我开始写我的首部长篇小说，是以汉朝为背景的一部关于理想与权谋的小说，这是一次全新的尝试，也是我构思很久、很喜欢的一个故事。

我在各类报刊、公众号平台上陆续发表着创作的作品。在高二时创建的微信公众号，也已收获了五千多的粉丝。高一高二时，连续获得两届"叶圣陶杯"全国中学生新作文大赛决赛一等奖，"文心雕龙杯"现场写作笔会的特等奖，在高二时获得"叶圣陶杯""全国十佳小作家"。在微电影领域，我自编自导自演的微电影《梦想的力量》也获得了学校的最佳剧本和微影视一等奖，这也是我在剧本创作方面迈出的第一步。

很多人可能会很排斥在自己喜欢的领域去参加比赛，尤其是一些人觉得写作这样文艺的爱好会被参加比赛争取拿奖的念头世俗化，但我一直不这么认为。我相信我们很多人参加写作比赛，只是为了去检验自己的写作水平。而我一直认为只有参与了一些比赛，得到一些含金量比较高的奖项后，我们才会有一个更高的平台，而我写作的目的并不只是为了排遣，更想让我的文字带给更多人温暖。当我筑高了平台后，会吸引更多的读者阅读我的作品。

此外，我的高中阶段也不只参加了写作比赛，我还参加了演讲比赛、书法展览、数学竞赛、国际性志愿活动等，这些比赛经验、活动经历在丰富我阅历的同时，也提升了我各方面的综合能力。我认为只停留在写作比赛上不是最好的方法，多元的比赛和丰富的活动更有利于为写作注入新的思想和见解。

关于写作，我经历了诸多变化和挫折，除了自己的坚持和热爱外，我觉得能坚持到现在必须要感谢我的父母和老师。

在写作这条道路上，我曾产生过质疑的念头。

高三年级这年的十月我申请了我梦想的学校——牛津大学，我立志要和钱锺书先生做校友。

然而乍冷的十一月初，现实便泼了我一盆冷水——牛津大学来了拒信。

学习压力本就巨大的时期，"一盆冷水"泼下来，我的梦想之火被无情地浇灭了。我开始心灰意冷，也忽地感觉自己的万千努力一下子被黑洞吞噬了，自己投入的无限努力没有得到丝毫的回报。我开始质疑自己是不是不适合文学专业，我开始怀疑自己的写作是不是不会被名校认可！

我开始转变方向，开始放下写作。我开始申请多伦多大学的生命科学专业，我开始申请帝国理工学院的计算机专业，我开始申请伦敦大学学院的语言学专业，我开始申请香港科技大学的生物专业……

此时的我听不进父母的一丝劝导，无奈的爸爸也只好偷偷地和升学指导老师沟通，瞒着我继续申请其他学校的文学专业。

还好，我很崇拜的生物外教 Mr.Renwick 在得知这个情况后，很细心地跟我聊了很久，他鼓励我坚持自己对写作的爱好，并且鼓励我在加拿大的大学也要申请相关文学专业。而他对我的肯定也让我感动不已。他说，即使作为一个生物老师，我在你的英文文章里依然可以看出，你对一件事物或者一本书有很深的思考以及流畅的英文表达……

作为我最熟悉的老师，Mr.Renwick 了解我对写作的兴趣，也知道我在这个领域取得的成绩。他愿意花时间鼓励我坚持自己的兴趣，这令我感觉很温暖。从那以后他还经常帮我修改英语文学课上所写的一些论文，教会我很多更地道的英文表达句子。使得处于怀疑和自我否定阶段的我，重新坚定了对文学的热爱与向往。

我对阅读和写作产生兴趣，很大一部分原因是因我爸对阅读写作的重视，以及他对我的悉心培养。

我爸爸是我追求写作梦想的启蒙人。在我坚持写作的这条路上，他给予了我很多的支持与帮助，我出版著作和创办自己的文学公众号，都是在他的鼓励下去做的。

在我不断探索写作风格的过程中，爸爸也一直给我提出很多合理化建议，鼓励我为创作的作品注入更深层的内涵。每一次参加"叶圣陶杯"全国中学生新作文大赛决赛，也都是爸爸亲自开车送我到现场，参赛之后再将我送回到学校。即使他的工作繁重，也会陪伴我去参加比赛。

2019 年获"叶圣陶杯""全国十佳小作家"的荣誉称号，这对我来说是意义重大的一个奖项。可当时我正处于高三，正处于申请大学最紧张的阶段，学习的压力也很大，当时的颁奖典礼定于十月份，我本来不打算去颁奖现场，因为领奖典礼在扬州，来回不管是乘飞机还是坐火车都会花费很多时间。但爸爸了解我，他知道我内心对这个奖项的渴望，如果不去现场的话，晚两周时间才能知道是否获奖和拿到证书。于是爸爸决定开车从天津去扬州参加颁奖典礼，这样我便可以更加方便地安排学习和休息的时间。

登上领奖台的那一刻，我万分惊喜与感动。我终于如愿以偿了，看到台下爸爸那欣慰的微笑，我更加坚定了要在写作这条路上砥砺前行。

我毫不避讳谈自己曾经差点儿放弃写作以及差点儿错过参加颁奖典礼的过往，因为这样的我才是最真实的我；这样的一路曲折与坎坷，方突显我对文学的坚持来之不易和弥足珍贵。

我相信，正是当时的坎坷，才让我体会到放弃热爱而带来的焦灼、痛苦以及纠结的复杂心理。老师和父母的支持，才让我从此坚定了自己的文学理想，即使困难重重，也绝不轻言放弃。

我不后悔当时的冲动，我庆幸身边有这么一些人，在我即将放弃梦想的时刻，一把拉住了我。

我未来的文学的道路势必困难重重，但我想，这些挫折只要我一一挺过去，对文学的热爱和追求就会愈来愈坚定，更大的成功也仅是时间的早晚。

关于出国求学

中青： 未来你自己的求学规划有哪些？

天娇： 说到规划，我感触颇深。我很喜欢做规划，在我上小学三年级时，我爸爸就拿出一张 A3 卡纸，引导我写下未来想干的事，采用倒推的方法，从自己想要达到的位置，推回每一个阶段的目标和与之相对应的需要做什么、怎么做。

我制订过很多明确的计划，后来我发现从小到大持之以恒的就是写作，所以慢慢地，我的未来方向就基本确定了。对于文学道路的规划，我也经历了众多的选择，因为文学领域很广，包括作家、记者、新闻编辑、公司宣传等。我最终选择当编剧，是因为我认为文学与影视相结合，能够称之为视觉与心灵上的艺术合体，当一个国家的艺术事业蓬勃发展时，这个国家的文明也就会焕发出繁荣的生机。

在众多世界名校中，我最终选择了伯克利大学，我看重的是美国大学的通识教育。即使我选择的是文理学院中的文学传媒方向，这也需要完成伯克利大学"七个领域"（7 Breadth）的学习，其中包括"艺术 &文学""生命科学""历史研究""国际关系研究""哲学价值导向""物理科学""社会和人类行为研究"。我相信这样的必修课程设置会让我拥有更加全面的知识，更好地成为教育领域中所尊崇的"全才"。

大二年级，我计划去香港大学做交换学习生，因为港大是我非常喜爱的一所学校，它曾经是我的梦想，更是曾录取过我的大学。

　　大三年级，我计划前往哥伦比亚大学、南加州大学或加州大学洛杉矶分校进行交换学习（这几所大学的电影专业都位列世界前十）。大三年级也是选择专业的年份，我计划选择"对比文学"以及"电影"专业双专业，在对比文学专业，我将学习两到三门外语，并且研究学习不同国家与地区的文学原著，这样可以不断提升自己对文学多元化的认知和写作能力，电影专业可以让我建立起对电影更深、更专业的理解和研究，并且不断产生更新颖的创作思路。

　　本科四年间，我会在完成课程学业的同时，积极参与学校里的社团活动和大型活动，充分锻炼自己的组织能力、协调能力以及与人交流的能力。在大学的假期，我会选择自己创作的最好的剧本，寻找投资方拍摄成电影，为将来申请顶尖大学的直博积累资本。

　　本科后，我计划读南加州大学电影学院的硕士研究生，因为这是世界闻名的电影学院，曾走出无数的世界著名导演。我认为在这样优秀的电影学院里，我会实现完成编剧梦想的又一次华丽蜕变。这个电影学院的入校门槛很高，所以我将拿出万分努力，在本科阶段争取具备录取的条件。

　　我不想止步于对电影编剧的学习，我还计划去申请美国藤校读博士。我认为编剧是需要生活沉淀和素材积累的事业，充分的学习和丰富的阅历会让我成为一个成熟的编剧，让我创作出真正有灵魂、有思想，且能引起观众共鸣的影视作品。

　　博士的阶段更像是在工作中学习，我会开始影视方面的研究工作。我想，在美国一些顶尖大学的编剧专业，自己的博士导师应该就有好莱坞的著名导演或者编剧，这也将有利于我以后在好莱坞的打拼。

　　学有所成后，我计划去联合国组织工作一年，再次提高自己的国际视野。我想，在联合国工作将是一份很难得、珍贵的经历，那里的每一个人都有着为守护世界和平、长治久安而努力奋斗的梦想，在那里的每一个人都兢兢业业、心胸宽阔。这样的经历不仅会更好地塑造我良好的世界观和价值观，还可以为我今后创作作品提供独特的灵感。

对于未来，我一直奉行对文学和编剧事业的热爱，坚持不懈、勇往直前，我可以详细地规划我的大学，但是我不想详细规划我的未来。因为未来是不确定的，步入社会的挑战是无法预测的，更何况在编剧和导演这种对女性没什么优势的行业，但我会不忘初心坚持地走下去。我清楚地知道我的大学规划是美好的，学校也是优秀的，我需要拿出比考取伯克利大学更努力的精神与意志，同时我也有信心去实现它们。因为在平台不甚高的时候，我成功地考上了伯克利大学，在我拥有伯克利大学这么优秀的大学作为跳板时，我相信我距离实现自己的伟大梦想更近了。

永远要努力，永远要优秀，永远要相信自己可以做到。之前我总不好意思说出我的梦想，总觉得它听起来很美好，会让听者感觉不切实际。伯克利大学精神点醒了我：“你要相信从诞生时起，你就是改变世界的人，所以上天指引你来到伯克利，伯克利也会指引着你走向更远的未来，实现你更广阔的梦想。”

关于奋斗经历

中青： 我们发现在三年时间里，你不断去多个国家参加考试，不断去各地参加作文大赛、演讲比赛，但你也未忘抽出时间潜心阅读提升写作能力，学习上不断全面发展，解锁着各项新技能。在高三上学期每日忍受着巨大压力，不仅是学业上的压力，还有是一种对出国留学未知的压力。正如你说，多重的压力让我开始质疑自己的能力和付出，但仍然在身体的严重透支和沉重的心理压力下继续向前探索，你可以讲讲其中的故事吗？

除了出版个人著作，你还享有一项个人专利，你的经历，可谓丰富多彩，可以讲讲你这些经历及背后的故事吗？

天娇：国际高中并没有人们想象得那样轻松，国际高中的学生所承受的压力，是来自各个方面的。它的分数制度不同于普通高中，我们日常做的每一次作业，每一次考试，以及课堂表现，参加演讲和各种课外任务，都是期末总成绩的参考依据，所以我们在日常学习中，必须时刻保持良好的学习状态，一次考试疏忽所造成的低分，都会对期末总成绩产生不利的影响。

我们并非只注重成绩的优异。要完成毕业还要有不少于四十个小时的志愿者时间，所以不管在校内或是校外，我们都要积极参加各种志愿者活动，在达到要求标准的同时，也培养自己的奉献精神。我们还要参与各种各样的竞赛、商赛，以及夏令营、夏校、国际活动等，来充实我们的高中生活，以此提高我们大学申请的竞争力。所以如何平衡我们的课外活动和学习，就成了我们每个学期必须要认真规划考虑的事。

此外，我们还面临着各种考试，不同国家有不同的标化考试。我要参加的考试国内又没有考点，各种考试的考点分布在不同的国家和地区，所以我们要去世界各地参与不同的考试。

高三上学期就开始申请大学，高三开始之前，我们就要做好规划。因为各国的文化背景以及社会状态不同，要对不同国家的各个方面进行对比，事先做好仔细的考量。

另外，我们还存在对未来的担忧。留学是一条充满未知的道路，而国际局势变化对留学生的心理状况也会产生很大影响，这些都是我们无法避免和做出准确判断的。

父母对我力主"全才教育"，虽然他们都清楚我写作的热情与特长，但他们不会忽视对我其他方面的培养。高中三年，他们鼓励我参与了很多领域的活动和竞赛，才使我在众多领域都有了一定的成绩。

在文学写作方面，父母鼓励我参加写作比赛，出版个人著作。最让我感到欣慰的是，我的朋友和读者看完我的文章后，真诚地告诉我说被书中的故事所打动，被我的正能量思维所影响。有人愿意读，有人喜欢读，有人有所收获，这对于一个作者，对于出版第一本书的我来说是最大的满足。

我不是个擅长理科的人，但这是必学的科目，我下足了功夫，所以我的理科成绩在年级里也能一直名列前茅，从没掉出过前三名。在假期和课余时间，我还参加了美国大联盟数学竞赛，并取得了全球 TOP25 的成绩，另外我还参加了美国生物竞赛、澳大利亚欧几里得数学竞赛等。这些对我来说无疑是一次次挑战。既然我不擅长理科，那我就多理解、多学、多问、多练习。在参加每一次理科竞赛前，我都会将组织方近五年的考题做一遍，并且将不会的知识点归纳到小本上，对每个不懂的问题，我都会找时间、找机会请教老师，直至彻底理解为止。这些国际理科竞赛都用英文表述，里面有很多大学专业理科词汇，我都没学过，就得查，就得背。一天背不过就背两天，两天不成就三天。这些专业英文词汇都很长，尤其是生物词汇，一个单词经常由十几个字母构成，所以我不得不利用一切时间记忆专业词汇，而且还要积累英语日常词汇。就像哪吒说的那句话，"我命由我不由天"，我清楚自己的理科思维并不强，但我有坚定的信念和不服输的精神。

对于物理实践，我在完成一次调查报告的过程中，利用物理学中的杠杆原理，发明了一种方便搬运重物的简易装置，并获得了专利证书。

每个人都有不擅长的事物，但是不能就这样放弃，认为自己肯定做不好它。别人付出三分努力，那我就付出十分努力，我认为努力是做好的关键。

我对商业活动的兴趣并不是很高，而且对经济和商业中的一些现象、规则也不是很敏感。我在学校的会计课中得分也不是最高的，但是我还是愿意去尝试商赛，因为我认为了解商业知识，学习理财和投资，是每个人应该拥有的基础能力。于是我参加了两次商业模拟竞赛，一次是跟陌生的队友，一次是和同年级的同学。我们在商赛中模拟了股票交易、投资、商业合作、拍卖、公司宣传、产品设计、市场营销等。我们每天也会计划公司的投入产出比，规划公司的定位和详细计划，我们也有过被坑、被骗的经历，但这样的模拟竞赛的确让我们了解了很多商业知识，也初步体验了商业中的激烈竞争。

对于演讲，在我看来，它不应该是某些人的专长技能。它应该是一个人应具备的基础能力。我曾是个十分内向的女孩，甚至不好意思跟陌生人说话，更别提举手抢答问题或站上舞台演讲了。但是，爸妈一直认为公众演讲非常重要，也有我自身想要改变自己、锻炼自己、提高自己演讲能力的想法。于是我多次参加了"CCTV希望之星英语风采大赛"，在英文演讲中收获了多个一等奖。在胜者教育的"青少年领袖特训营"中，我在几百名擅长演讲的同学们中脱颖而出，获得了最终的演讲冠军。

获得冠军的这次演讲，我的演讲主题是"国家给予的安全感"。演讲的内容都是我亲身经历的事情，比如我前往非洲的志愿活动，比如我的伊拉克外教人生经历等。我诚挚的内容让演讲更具说服力，我的演讲深深打动了台下的观众和评委。

正如我在演讲中所说，国家安全感使我们可以在任何时间说出一句："世界这么大，我想出去看看。家里这么好，我随时都可以回来。"因为我知道、我清楚、我相信，背后是那个无条件支持我、鼓励我的强大祖国！

在我演讲取得冠军的背后，是我一次次克服自己内心的怯懦，一次一次逼迫自己上台练习，经过多次的心理抗争和锻炼，才有了上台演讲时活力四射的自己。

作为一个留学生，我更想将博大精深的中华文化带向世界，让世界上更多的人了解和喜欢中华文化。中国的国画和书法，是中华文化的瑰宝。作为一名文学文艺少年，我对书法和绘画也有浓厚的兴趣。

记得刚练习书法的时候，课程十分枯燥无味，但我还是坚持着学了下来。一旦过了枯燥的那道坎儿，有了不错的成绩，练习书法自然就成了喜好。书法和绘画都需要扎实的基本功，需要勤学苦练。在高中课业异常繁重的阶段，我仍然挤出时间完成自己的绘画和书法作品，并且取得了不错的成绩，拿到了国家级书画展的一等奖。这样的成绩让我获得了不小的归属感和自豪感，也让我在未来的留学生活里有了向外国友人展现祖国博大精深文化的资本。

这些成绩也让我认为自己是一个热爱和了解一些中华文化的人。相比于其他方面的获奖，这些获奖带给了我更多的认同感和荣誉感，还增加了我推广中华文化的一种责任感和使命感。

即使将来我不选择文学写作这条路，但我相信机会是给有准备的人预备的，丰富多彩的经历势必在未来的事业中焕发无穷的生命力。参加这些活动和竞赛认识的朋友、学到的知识、锻炼的能力、看过的风土人情、游览的各地风景，都将成为我一生的财富。在走向世界的同时，我也愈发清楚地了解自己；在不断地探索未来的同时，我也不断坚定追求理想的信念。

关于我高中三年的奋斗经历，本书有单独的一篇《简忆我的高中三年》（为了避免文字的重复，此处省略，详见该文）。

期　　望

中青：我们这一代人是希望的一代、崛起的一代、奋进的一代，作为即将毕业的高中生，你对自己有何期许？

天娇：如今的国际局势下，出国留学比以往更加艰难，正是这样的来之不易和艰难，才让我更加满怀动力。

艰难意味着价值，挫折意味着收获。出国留学可感知更广阔的世界，可接受多元化的人文，促我实现更好的蜕变，成为一个更有思想、更加成熟的人。

我对文学专业的热爱激励着我为祖国的文化创造更多价值，这样的

英华国际学校高三毕业时（左三张天娇）

　　我不觉得留学生在世人眼里有多风光，优秀的
留学生有着强大的使命感，背负着荣耀自己、荣耀
家庭、荣耀祖国的使命。

理想和使命感不断给我前进的动力与成功的希望，在一次次逆境与迷茫中勇往直前。

父母将我托起来看整个世界，祖国坚强地支持我前行，哪怕前方长路漫漫、哪怕远方荆棘塞途，我仍将坚定地走在这条路上。

我不觉得留学生在世人眼里有多风光。优秀的留学生有着强大的使命感，背负着荣耀自己、荣耀家庭、荣耀祖国的使命。我们走出国门接受异国教育、接受异国的生活习惯和文化传统；忍受着孤独，把东方人的面孔展现给世界；在陌生的国度里讲述中国的文化魅力，又将世界的先进文化传回中国。我们愿倾尽所学，为祖国建设添砖加瓦。

作为即将毕业的高中生，我将要面对的是艰巨的学业，也是离梦想更进一步的艰难抉择。不谈过于久远的未来，未来十年是属于自我提升和蜕变的绝佳时期，不出意外的话，十年后我将博士毕业，那时我将归国开启我的编剧理想。

我的期许是具有朴素的生活和遥远的理想。我愿我时至二十八岁时，初心未改，学有所成，生活明朗，苦尽甘来载荣光。

致十年后的自己

二十八岁的张天娇：

展信佳。

别来无恙！

要有最朴素的生活方式和最遥远的梦想，即使明天天寒地冻，山高水远，路远马亡。岁岁年年，时至二十八岁，一愿学有所成，二愿初心未改，三愿所爱皆安，四愿生活明朗，五愿苦尽甘来载荣光。

十八岁之前的你，经历了无数苦难，闯过了无数难关，走到了你追求的那一步。二十八岁的你，更要用学到的知识、技能博取属于自己的光明未来。

不出意外的话，二十八岁，你应该刚刚博士毕业，希望在美国的这十年，能让你的思想和心理更加成熟，能让你的素养更加优秀突出。要记得你曾经在文学上有过的迷茫和失意，要记得背离热爱的难过与悔意，已二十八岁的你一定要在文学的道路上继续前行，永远坚守你的热爱，守护你无比珍爱的理想与远方，永远要记住生命的意义——"为文学，为热爱，一生悬命"。要记得你处于无比幸运的时代，过去、现在和将来，渺小的个人在逐梦过程中也在谱写着美丽华章，你要将眼光放得更长远，要将格局定得更宽阔。希望未来岁月间社稷昌、黎民宁，也愿我所爱无忧无恙，岁岁长安。

生活在不经意间永远藏匿着"小确幸"，努力奋斗的同时也要注重生活品质：住一间有大大落地窗的房子，养一只活泼可爱的萨摩犬，定期与朋友们聚一聚，平日相互间多多问候。

能有些时间闲坐，能经常去远方旅行。追寻生命的诗意和纯净本质，做一个性格开朗积极向上的女孩，保留心底的童真与纯洁，用对生活的热爱去打消偶尔消极的念头。

要记得如上天给予你太多的才华，就注定不会给你太过平坦的道路。从事文学写作是小众喜好，选择这条路便意味着要去承受大众的质疑。但终会靠着竭尽全力将自己的文学升华，成为大众的关注。

"人有逆顺之时，天无绝人之路。"永远要铭记这句让你挺过那段晦暗时光的话："不是因为有了希望才去努力，而是努力了，才能看到希望。"

二十八岁的你，不应该仍在探索写作特点和风格，而应该奔波在各大片场去编辑、去沟通自己撰写的剧本。你应该站在影视评比的领奖台上，脸上绽放着光彩和梦想的光芒。平庸无罪，你要选择自己滚烫的人生，即使黑暗时段漫长，前途艰苦重重，哪怕万丈深渊，闯过去才会前程万里，阳光万里。

坚信奋斗搏出的荣耀外，还要注重个人的内在修养。曾无数的幻想二十八岁的你，将拥有怎样的心境和性格，思来想去也便是知世故而不世故，懂圆滑而不圆滑，晓万事而不言万事。

二十八岁的你要做到心怀宽阔，心中装载得下万顷山河，眸中留得下星河万里，这世上只有一种英雄主义，那就是在认清生活之后依然热爱生活。

十八岁的你总是隐忍着、咀嚼着伤痛与委屈，曾在夜间心理崩溃，染上消极和绝望情绪。二十八岁的你，要用积极与希望的心态去填满自己的生活，努力学着爱星辰、爱世界、爱宇宙，学着与自己和解。

八岁的作者与门前的泡桐树

　　十年前，八岁的我在家门前种下一棵泡桐树，我和它比赛成长。

此外，你既要去闯荡属于自己的江湖生活，也要学会坦然处之，去随遇而安。闲看庭前花开花落，宠辱不惊；漫随天外云卷云舒，去留无意。准备接受突如其来的失去，珍惜不期而遇的惊喜。

要成熟有城府，适当保留少年的纯净与天真；要体味世间炎凉，也要相信温暖与真情；要去努力变得更优秀，也要坦然接受失败；要去勇敢闯荡，也要随遇而安；要去规划和总结，但也莫过于纠结当下忧虑未来。

走过平湖烟雨，踏遍岁月山河，我始终相信，那些历经劫数、尝遍百味的人，活得会更加生动有趣。

我与我周旋久，宁作我。

十八岁的你收获了理想的大学 Offer，完成了文学上不错的成绩。你要永远记得这一年的离别，这群同学和老师曾在那一段段阴霾岁月中用温暖与真诚将你带入光明。这一年的新冠肺炎疫情，改变了你的一些计划，也让你看到了世间负重前行的英雄，而这些终将使你心怀感激，愈发强大。

二十八岁的你应该成为优秀的编剧，已撰写了多个优秀的剧本，用文字与影视的交融在启迪着观众；你应该有能力去照顾关怀父母，帮助家人，去爱护和培养妹妹，成为这个大家庭坚实的支柱；你身旁应该有真诚的好友，你们融入彼此的生活，总是有一种莫名的缘分，和一种恰如其分的默契；你应该不断自我提升，坚持健康的作息时间，养成良好的生活习惯，坚守优秀的性格，培养一些兴趣爱好，积攒生活中微笑的期待和善良，比如绘画、书法、阅读、写作和音乐。

明确地追求，直接地厌恶，真诚地喜欢，站在太阳下，坦荡地、大声无愧地称赞自己。

那时，你人生已近三十个年头，虽已看过浮生万物，也遍览山河无数，但依然要更加独立、坚强和温暖。余生漫漫，前程未知，但愿万般熙攘化作清风明月，远方梦想变成未来可期。

十八岁的作者与门前的泡桐树

　　十八岁的我收获了理想的大学 Offer，当初的小树苗已然成为参天大树。我想，再过十年，我们将再庆新成就。

你终将以渺小启程，以伟大结束。你一定要努力，但千万别着急。

十八岁的前方是未知与憧憬，等待去探索；二十八岁的前方是星辰大海，等待去征服。

十八岁的你即将出国远行，而且归期未定；二十八岁的你应学成归来，为国争光。

十八岁的我还好，二十八岁的你要保重。

我理想中的一幕是：十八岁的我望着二十八岁的我，满眼羡慕；二十八岁的我回望十八岁的我，尽是欣慰。

万事胜意，乘风破浪。

归途可喜，未来可期。

后　记

　　历时三年创作，一年打磨，我的第二部文集《少年时：步入伯克利大学》终于面世了。这部二十多万字的文集大都是我高中三年学习、生活的心得与感悟，也恰恰能够代表我的"少年时"。我期盼其中的经历、经验能够为将要读高中和在读高中，尤其是在读国际高中的学弟、学妹们提供一丝借鉴和帮助。

　　我衷心地感谢高中三年来，陪伴、鼓励和帮助过我的尊敬的师长们，以及亲爱的朋友和同学们，谢谢！同时也感谢衡水中学，感谢天津英华国际学校，感谢海归湾国际教育，感谢Sharon工作室，感谢中京雅思（天津）教训培训学校等对我的教育和教导。还要特别感谢河北省书法家协会会员姜文华老师，为本书题字；感谢陈崇智老师，为本书文字做校对支持。

　　最后，衷心祝愿大家健康、幸福、快乐！

张天娇

2021 年 5 月 4 日